U0137453

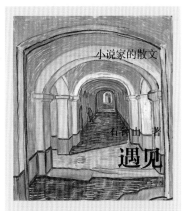

小说家的散文

石舒清 著

遇见

河南文艺出版社
· 郑州 ·

图书在版编目（CIP）数据

遇见／石钟山著. --郑州:河南文艺出版社,2023.6
（小说家的散文）
ISBN 978-7-5559-1508-9

Ⅰ.①遇… Ⅱ.①石… Ⅲ.①散文集-中国-当代 Ⅳ.①
I267

中国国家版本馆 CIP 数据核字(2023)第 078044 号

选题策划 陈　静
责任编辑 张　娟
书籍设计 刘婉君
责任校对 赵红宙　陈　炜

出版发行　河南文艺出版社
本社地址　郑州市郑东新区祥盛街 27 号 C 座 5 楼
承印单位　河南瑞之光印刷股份有限公司
经销单位　新华书店
开　　本　787 毫米×1092 毫米　1/32
印　　张　8.75
字　　数　168 000
版　　次　2023 年 6 月第 1 版
印　　次　2023 年 6 月第 1 次印刷
定　　价　45.00 元

印厂地址　河南省武陟县产业集聚区东区(詹店镇)泰安路
邮政编码　454950　　电话　0371-63956290

作者简介

石钟山，1964 年生于吉林。作家，编剧。著有长篇小说《我的喜马拉雅》《问苍茫大地》《五湖四海》等 30 余部，中短篇小说 300 余部（篇），电视剧作品《激情燃烧的岁月》《幸福像花儿一样》《军歌嘹亮》等 30 余部。作品曾获中宣部"五个一工程"奖、飞天奖、金鹰奖、北京市政府文学艺术奖等。

目录

辑三　文艺·青年

辑五　地理·人文

辑一　岁月·乡愁

二十岁和三十岁

过完二十岁生日,即是人生启航时。

二十岁到三十岁,总觉得时间过得很慢。二十出头,刚从学校毕业,忙着找工作;工作有了,看什么都是新鲜的。初入社会,嘴上无毛,办事不牢。没人真正尊重你,即便你有一千个想法、一脑子的热情,都一股脑儿地想贡献给这个社会,人家总会用审慎的目光望着你,审慎中带着些许宽容、鄙视或者轻视,然后就冲你说:再考虑考虑。其结果就是,你的建议和设想便没了踪影。于是你在内心里就吼一句:操,等老子当了领导,如何如何。发了一遍又一遍的豪言壮语,而那也就是豪言壮语而已。

二十岁,并不觉得姑娘有多好,看身边的姑娘就是姑娘,同龄人而已,乳臭未干,多着翅膀叽叽喳喳的一群小鸟而已。相反,对那些到了三十岁左右的女人更加关注,原因是她们的成熟。她们的内涵像她们日渐丰腴的身材一样,她们不再叽叽喳喳,而是顾盼神飞,总是抿嘴微笑,一副见多识广深藏不露的架势,这样的女人深得二十岁出头的小伙子的欢心。

二十岁出头谈恋爱,其实并不懂爱情,大多时候是受荷尔蒙驱使,热情冲动不管不顾,横冲直撞,同龄的女孩子不喜欢,女孩子家长不欣赏。那只是混个杂耍练个身手而已。

过了二十五六岁,如果还没有女朋友,热心的街坊邻居、亲戚朋友便开始为你的终身大事张罗起来。如果你是个听话的孩子,而且还有早日成家立业的打算,便开始轮着番地见各式各样的与你年龄相仿的姑娘,场面多样迥异。但有一样是不变的,那就是姑娘的眼神,她们像你的领导一样审慎地判断你、分析你,审慎中带着挑剔和不屑。同龄的姑娘们心气很高,希望你高大帅气,才华横溢,只有这样的男孩子才可被称为潜力股。不仅姑娘这双眼睛这么审视你,躲在姑娘身后的父母的眼睛仍然在打量你,你不是在和一个人谈恋爱,而是和姑娘背后的父母以及七大姑八大姨较量,你得过五关斩六将,才有可能领到一张复活赛的门票。

二十多岁的男人在任何人眼里都是还没成形的男人,任何人都有权对你说三道四,品头论足。好钢就是这么锤炼出来的,如果你不是块好钢,也将在这一轮角逐中惨遭淘汰。

人生残酷,适者生存,这就是人生的法则。奉劝有志气的男孩子,不要过早恋爱、成家,因为那时你一无所有,别人是在挑你,你选择不了别人。如果你真是块好钢,等到自己淬过火了,翅膀硬了,你再挑选姑娘。那时姑娘多的是,任你挑任你选。

你在被反复淬火的煎熬中,漫长的十年终于熬过去了。三十岁才是男人一生中的第一道门槛。

俗话说:男人三十而立。是钢是铁是铝是锌已看出端倪了,如果混得不错,也会在社会上谋到一个小职位了,生活和社会经验也积攒了少许。年轮的成熟折射到内心,你的言谈举止开始慢慢稳重而又得体了。目光安详起来,审慎地打量着这个世界和走近你的人或物,在别人眼中,你是比较可以信赖和牢靠的人。说话办事,慢慢地你会获得几分尊重,因为有了尊重,你的自尊心像春天发芽的草,开始疯长。因为自信,男人的魅力便开始显山露水。

在姑娘们的眼里,三十岁的男人才是个男人,她们开始正眼打量你,凑过肉嘟嘟的小嘴冲你搞怪卖萌,尽显娇态和青春。如果这时你还没结婚,你可以审视一群又一群的姑娘,在她们当中挑来拣去,总有一款适合你。

这时荷尔蒙的高峰期在你体内已开始回落,你变得不再横冲直撞,理性回归,审慎地对待自己的婚姻和爱人,家的责任已落在了你的肩上。不做荷尔蒙的奴隶,成为责任的基石,男人经过锤炼的筋骨要像好钢一样坚挺。

事业是树,爱情是树上的果。什么树便结什么果,因为你是块钢了,社会要用你,家庭要用你,满身沉重,腰椎虽在铮铮作响,但你不能弯曲,且不容有失,你奋斗再奋斗,努力再努力,奔自己的前途,奔家庭的小康。如果不出意外,这时你的孩子也应该降临了人间,多了一张小嘴,又多了份责任。满身的骨头也在咯咯作响了。

三十多岁的男人,只能往前走,没有回头路,上有老,下有小,更容不得你有半点闪失。你就像一头耕地的牛,生活是无限延伸在前方的田垄,你只有埋头犁。

当你想喘口气、歇歇脚时,一下子就到了四十岁。

天凉好个秋,你照镜子时,突然发现鬓角或头顶已有了几丝白发。你在心里就咒:操,怎么一晃就到四十了!

二十岁的光阴在煎熬中过得永远很慢,三十岁的时间被责任压得只顾拉犁,十年时间变成了一瞬间,生活让时间变短。

四十岁以后的男人又是别样的风景了!

男人四十和五十

俗语说:四十不惑,五十知天命。

四十岁的男人,完成了人生的第一次历练,家庭和社会地位已初具模样。前有目标,后有追赶者,健在的老人年事已高,孩子到了成长中的关键时期。你的思想和精神在游移徘徊,体力和精力已不如三十岁时那么旺盛了,而身上的担子却越来越重。想风轻云淡,却没那个心境,树欲静而风不止。搅动树的风越来越大,树只能在风中舞动。四十岁的男人,又挺直腰杆,迎着风,踩着浪,一如从前,再次踩进生活的旋涡。

在单位里,或许已经是个不大不小的中层了。独立创业的,也许事业才刚起步,正在爬升阶段。孩子指望你有个幸福稳定的家,年老的父母期望你能出人头地、与众不同,朋友们把你当成个人物。在社会中你是中坚力量,承上启下,这么多的期望像一块块垒起的砖石,压在你的肩上,虽然沉重,但必须前行。你时常会听到身上的骨节在铮铮作响,你把它当成生活吹响的号角。

　　四十岁的男人,已经是社会的主角,不想谢幕,但面对后来者的气势汹汹,却担惊受怕,不敢懈怠,一不留神怕让世界把你落下,只能撑起腰杆,不敢回头。闲暇时还能大快朵颐,大口喝酒,酒醉之后,搓一搓脸,看着已不再清澈的眼球和鬓边多出的几根白发,摇摇头,又一次走出家门。你的身后拉长了对你瞩目和期许的目光,不论风雨,你不能退缩,你是一家老小的大树,要为亲人遮风挡雨。你是单位的领头人,所有目光都注视着你,你是旗手。

　　一晃,你已经迈进五十的门槛了。望着镜子中的自己,皮肤松弛了,鬓边的白发排成了行,眼神不济,精力也大不如以前,肚腩快遮住了脚面,向前看退休已近在咫尺,后面的追兵已杀到眼前。你一次次提醒自己,该知天命了。老天注定的一切已经成形,年轻时编织的梦想,似乎远没达到,再看身前身后,林立着那么多你想超越的人和想超越你的人。虽然你一直梦想着自己的生命应该像秋天的天空,清澈高远,四周应该到处都是收获的景象,然而你总觉得属于自己该收获的品种总是那么少,你仍然心有不甘。老的越来越老,小的还在小着,你没有理由享受这秋天中片刻的宁静,摸了摸还算坚挺的腰杆又开始风雨兼程了。

　　五十岁的你,这才发现比四十岁多了更多的烦乱,孩子要工作要恋爱,本指望不再操心,却需要更操心更费力。孩子就像当初刚踏进社会的你，头三脚是人生的开篇，走错一步满盘皆输，你又怎能安心。操心费力了，却不一定应了你的意愿，于是一地鸡毛的家庭琐事，让你的白发又添了几许。老人若健在，已经是高寿了，三天两头跑医院，担惊受怕的景象一遍遍上演。五十岁的你，后院自然有了些积蓄，或殷实或寡淡，不论多少在你的心里仍没止境，你总有一种焦虑，虽然你明白生不带来死不带去的道理，可你觉得多少财富都显局促。你此时已成了生活急流中的一叶扁舟，一切成了习惯，只能逆流而上，不再坚挺的脊梁此时已不再铮铮，但人前人后又努力地挺起腰杆，显示出舵手的模样。前方无论是急流或者浅滩，你都要迎难而上，不能退却。

稀疏的鬓发又添了几许银丝，脸上的皱纹又深刻了几分，岁月的沧桑雕刻出你五十年前的轮廓。虽力不从心，但你还在做着最后的挣扎，大快朵颐、大口喝酒的日子已离你而去。遥想当年，开始怀念当年的气概，嘴上说得最多的一句就是：要是在当年……你已经没有了当年，此时拥有的只是白发、皱纹和日渐弯下去的腰。

夜深人静，你会经常醒来，想起当年许多琐事，恍然以前的几十年真的弹指一挥间，如白驹过隙，人生在低头抬头间匆匆过去，像吃了顿饭，还没嚼出味道，宴席已经结束了。手扶着日渐弯曲的腰杆，喟叹一声，又喟叹一声。夜深人静，不眠之时，开始盘点十几年的光阴。似乎没享过一天福，退休养老带孩子，日出日落，渐渐地被生活边缘了,那就是享福吧。你觉得那样的生活只是一种无奈,是生命做出的妥协。

手扶着日渐弯曲的腰杆,挣扎着爬起来,生活还要继续,干你自己能干的,干自己想干的,大约这就是你的幸福吧。

那年那月

小时候记忆最深的当然是过年的那些日子。当下过几场雪，学校一放假，便离过年的日子不远了。先是腊月二十三，过小年，清冷的几声鞭炮炸响，便掀开了过大年的篇章。

在上小学的日子里，有那么几年，每逢过年都是我们一群伙伴狂欢的日子。我们盼着过年，不是穿新衣服，也不是吃几顿好东西，而是我们钟情放鞭炮。鞭炮中，我们最爱"二踢脚"，一炸两响，地下一个，天上一个。响声干脆，威震四方，清脆的炸裂声，让我们热血沸腾，还有飘在空气中淡淡的硝烟味道，足以让我们沸腾上好一阵子。

大约过小年前后吧，便开始缠着父母要钱买鞭炮，父母总是会在他们的钱夹里拿出一些散碎零票塞到我们手上，我们伙伴便相约着去日杂店买上些鞭炮，当然，我们钟爱的"二踢脚"是少不了的。

对于"二踢脚"我们不仅听它的响动,更重要的是,它是我们手里火药枪重要的火药来源。"二踢脚"腔大,剥开层层包装,总能获得我们火药枪所需要的黑火药。比起放鞭炮,火药枪让我们更刺激和兴奋。装满火药的枪,往往让我们的腰杆挺得笔直,有底气得很。

父母给的仨瓜俩枣零钱,远远不够我们买"二踢脚"的资费。我们盼着过年,是要抢别人的"二踢脚",确切地说,是拾别人没放响的哑炮。有时"二踢脚"只炸响了一次,另外一响在空中变成了哑弹,我们便飞奔过去,把"哑弹"抢在手里,剥开,总会有所收获。在过年那些日子里,谁家放炮,我们便往谁家门前凑。

记得有一年,我的同学马朝阳被烟弹伤着了眼睛。马朝阳个子比我们都要高一些,似乎力气也大,遇到"哑弹"时他总能跑到最前面。有一次,邻居家的一个哥哥手里拿着一只"二踢脚"在放,大男孩又总是能把"二踢脚"放得很潇洒。一只手用两指捏着"二踢脚",另一只手点燃,"二踢脚"往地面一坐,炸响,"嗖"的一声又飞上天。这样放"二踢脚"往往比平时蹿得都高,响声更加清脆。那次哥哥出现了"哑弹","二踢脚"半响没有炸响,他随手丢掉,又去准备放下一个。这对我们来说是千载难逢的机会,我们蜂拥着向"哑弹"奔过去。当然,马朝阳这次又跑到了我们的前面,他第一个把那只"二踢脚"抓在手里,正咧嘴冲我们笑,突然,那枚"哑弹"在他手里炸响,又蹿到他脸上,他哀号一声蹲在了地

12

上。

他父母赶来，火速带他去医院。据说，再有两厘米他的眼睛就保不住了，那次在他左外眼角处留下一道深深的疤痕。最初那道疤是紫色的，很醒目的样子，随着时间流逝，那道疤的颜色变浅，但无论怎么变，那道疤还是很醒目地卧在他的左眼角处。也是因为那道疤的缘故，他的左眼有点变形，眼梢往下耷拉着。小时候不觉得什么，但因为他受过伤的左眼角，他没能参军，也没当上他一直喜欢的警察。后来，他去工厂当了一名工人，再后来又下海经商，当然这都是后话了。

记得也就是马朝阳受伤那一年开始，我们似乎都长大了，升入中学，也告别了陪伴我们多年的火药枪。

后来，每到过年仍然放鞭炮，当然雄壮的"二踢脚"仍然是我们的最爱。因为有马朝阳受伤的案例，我们放起鞭炮来总是很小心。遇到"臭弹"，半晌之后，我们才小心走过去，先把"臭弹"一脚踢到雪里去，半晌之后，仍没响动，再踢几脚雪把它掩埋。

再后来，许多城市开始禁放烟花爆竹了，不论过小年还是过大年，都悄无声息的，年说来就来了，一点兆头都没有。清冷的院子，清冷的街道，无精打采的人们，似乎早已经把过年的事忘到了脑后，只是放几天长假而已。

虽然，现在过年没了爆竹声，只要一入冬、一下雪，我站在窗前，总会有那么几次愣神。"二踢脚"的脆响，鞭炮的热烈的爆炸声总会在我记忆深处炸响,我似乎又嗅到了空气中的硝烟味道,它让我在瞬间又热血偾张,仿佛又回到了童年,某年某月的那个春节。

同学马朝阳早已人到中年,前两年自己宣布退休,把公司交给儿子打理。每到过年我们都会打个电话互致问候,寒暄几句之后,我总会半开玩笑地问他:"今年过节放炮了吗?"他在电话那头停顿两秒,然后发出爽朗又洪亮的大笑声。我们一起在此时似乎又穿越到了那年那月的春节。

年关记忆

霜花

小时候,那会儿冬天很冷,深冬一到,每天早晨醒来,睁眼便能看到窗玻璃上结出的霜花,在晨光中缤纷着奇妙的构图。一进入深冬,便到了放寒假的日子,早晨醒来总是赖床,目光被吸引的往往是自家窗子上的霜花。那是怎样奇特的图案呢,像雪花晶莹剔透着,还有的像森林、树叶,以及奔跑的马匹……在北方单调的冬季里,眼前的霜花无疑给我们的童年展开了另外一个世界,让人浮想联翩,眼前的霜花幻化出无穷无尽的另外一个世界,这是现实中不曾经历的。比如,森林里的一头熊,还有暗处的枪口……接下来又会有什么样的故事发生? 霜花只提供了一个抽象的开头,后面的故事只能脑补。于是关于霜花的故事在早晨的慵懒中次第展开，思绪离开了霜花在另外一个世界里驰骋，有时一整天都沉浸在霜花某个故事的开头中，丰富完善，往往一个故事的开头，我会想出若干种故事的结尾。

太阳初升，暖暖灿灿地照在窗子上，那些霜花便开始模糊，最后变成一滴滴水珠落下来，美丽又神奇的霜花不见了，像刚下过的一场雨，雨滴淋在窗子上。好在第二天，又有新的霜花结出，自然又有了新的故事。有一次，我还看见了椰林、沙滩，这些景物我在现实中自然没有见过，完全是在书本上得到的。那是展现在一个北方孩子面前怎样的一番景象呀，我想到了阳光、海浪，以及远方的船。对没出过远门的北方孩子来说，眼前幻化出的景象，就像一幅又一幅童话世界。后来我发现，其实那些霜花是流动的，随着你的想象，它们会变幻出各式各样的世界，迤逦地走近你。

我童年的幻想是在北方深冬霜花中完成的。若干年过去了，童心渐失，只要在冬季早晨醒来，总会想起那些霜花。思绪便穿越到了童年。有霜花的日子必定是深冬，一进入深冬，便到了年关。岁月在年复一年中更迭着，不由得想起唐代刘希夷那首《白头吟》：已见松柏摧为薪，更闻桑田变成海……童年不在，日子已是另一番模样了。

滑野冰

冬天一到,下过几场雪,再刮几场西北风,整个世界便冰天雪地了。湖泊、河流便结了冰,由薄变厚。滑冰便成了我们冬日里为数不多的乐趣了。那会儿湖泊很多,公园里,或者野地,待成冰之后,便成了我们的溜冰场。滑冰的工具大都是自制的,木板下镶上铁条就是一个冰车了,或蹲或坐在上面,也是风驰电掣的样子。冰车是小孩子的游戏,我们大一点的孩子,都穿滑冰鞋,专业的冰鞋我们不曾拥有,只有少数上了高中的哥哥姐姐才闪亮地穿着它在我们眼前稍纵即逝。我们只能远观。冰鞋也是我们自己做的,用麻绳捆绑在脚上,与滑冰车的弟弟妹妹相比,我们顿觉伟岸了许多。冬季里,凡是结冰的地方便成了一片欢乐的海洋。从黄昏到日落,直到繁星当头,滑冰的玩伴们才渐渐散去,循着家的方向,把童心收起。

在湖面上滑冰,转来转去,就是那一方天地。开始有高年级的同学,不再甘心在湖面上滑冰了,而是去河道里滑。河道很长,不知源头也不知去向,永远没有尽头的样子。后来我们几个同学也结伴去河道里滑冰,风景果然不同,刚开始并不敢滑多远,总怕迷失了回家的路。灯火稀疏了,便掉转方向,顺着原路回到起点。后来野心大了,越滑越远,城市的灯火已渐渐远去,乡村零星的灯光在远处闪现，我们不知疲倦，忘记了时间。有许多次，我们拖着疲惫的身子，走进家门时，夜已深，只见灯火，少见人影。心里不免忐忑，冷不丁，在暗影处走出一个人影，那是母亲，她不知在此处等了多久，见到我是又惊又喜的样子，仿佛我和她失散了多年，她只嗔怪地责备一句：这么晚了，上哪儿去疯了。不论多晚，母亲总能变戏法似的变出热乎可口的饭菜。我还记得母亲那守候半天见到我时，落在我身上的又担心又是责备的眼神。

后来长大了，离开故乡的脚步越来越远，每当灯火阑珊时，总会想起躲在暗处的母亲的身影。虽然母亲早就离我而去，暗中却总有母亲的陪伴，她担忧又责备的眼神，照亮了我脚下的路。那是一条通往一个又一个年关的路。

鞭炮

年关一到，在童年的记忆里总会有鞭炮在清冷的早晨炸响。

鞭炮在童年的生活中是件大事，在"年"的脚步一点点逼近时，我们总是想方设法，厚着脸皮向父母要些零花钱去买鞭炮，"二踢脚"和红红绿绿包装好的鞭炮成了我们过年的当家货。我们把鞭炮买来，藏到最隐蔽处，那会儿，在我们的心里，我们便成了富翁，也是世界上最幸福的人。

有心急的伙伴，把鞭炮零散着拆开，揣在兜里，不时地放响一两只,于是清冷的街上,总是不时地响起孤零的鞭炮声响。鞭炮一响,"年"的脚步就近了。随着年关越来越近,鞭炮声也渐次地密集起来。这一声又一声脆响,成了我们迎接"年"的一种仪式。花花绿绿的鞭炮纸屑也成了"年"最鲜亮的打扮。

后来成年了,每到年关,总会想着置办一些鞭炮,鞭炮的式样自然也升级了,不再是"二踢脚"和花花绿绿的小鞭炮了,改成了烟花和鞭炮结合的产物,升空的效果和响亮程度也不是童年记忆中的鞭炮可及的。虽然,成年后放鞭炮的心情不如儿时那么急切和幸福,总觉得是个仪式,望着在半空中升起的烟花,就有了许多憧憬和幻想。

后来,城市为了环保禁放烟花了,就少了这种仪式。但每到年关,不论走在何处,总觉得会有鞭炮出其不意地炸响,尤其是早晨醒来,望着蒙蒙亮的窗子,心底里童年的早晨那一声又一声清冷的鞭炮声犹在耳畔。

一年又一年,在年轮中周而复始,童年的情趣仍埋在心底,冷不丁会蹿出来,吓自己一跳。人生就像一个圆弧,不论走多久多远,总是在起点处与自己重逢。

脸盲症

朋友说我是脸盲症,以前见过的人隔一阵子再见,就不认识人家了,尤其是参加各种活动或聚会什么的,总有人会比我先到。我走进来,冷着眼睛把屋内的人大致扫了一圈,发现并没有熟悉的面孔,这时主人还没出现,我就经常找一隅坐下来吸烟。有时烟还没点燃,便有人热情地过来打招呼,嘘寒问暖后问一些我曾经熟悉的事或人,仿佛和我很熟悉,看那架势,我曾经和人家勾肩搭背过,看这人面相,的确想不起在哪儿见过,于是就拘谨地应和着,把陌生的笑挂在嘴角。来人似乎看出了端倪,便提醒道:咱们某时某地谈过项目,或者,咱们和谁谁一起喝过酒。我这才一拍大腿,记忆的闸门呼啦一下子打开了,再看眼前的人,果然面熟,于是不再拘谨,老朋友似的热络起来。

我这人不知从哪天起患上了这种脸盲症,只记事不记人。可往往是,先有人才有事,在我这里本末倒置了。

时间久了，有人就说我这人牛逼，不爱搭理人。装！平心而论，这么评价我，真是大错而特错，我一面感到委屈，一面自责，拍着脑袋问自己：记忆怎么这么差呢，是真的老眼昏花了，还是故意要装牛逼。我当然不是个爱装牛逼的人，和我很熟悉的朋友，都知道我不是那种人。

因工作关系，我见的人很杂，年龄差异也很大，许多二十几岁、三十来岁的年轻人，在和我熟了之后，都会说：石老师，没想到你这么平易近人，一点架子也没有，见你之前我还紧张呢！

这种情况大都出现在男孩子身上，大多数男孩子在我见过两三面之后，或深或淡地总会给我留下印象，再次相见时，热络的情景自然也亲切。

相反，对于年轻姑娘我总是留不下深刻印象。朋友老吴离异之后，身边经常换各种姑娘，许多姑娘长得都差不多，刚开始出于礼貌还询问姓甚名谁，等等，后来老吴换得多了，我也懒得问了。

有次和老吴见面，老吴的女朋友就坐在我身旁，酒过三巡之后，又出于礼貌，询问姑娘的名字。姑娘不说话，只是抿嘴笑。老吴不高兴地拍了我的肩道：这是小方啊，你们都见过多少回了，怎么又不认识了？我望着身旁的姑娘，突然想起这个小方有印象，在一次聚会上老吴专门介绍过。

这件事情发生后，弄得我很尴尬。

不想再让这种尴尬发生，我就问朋友该怎么办。朋友扒了我的眼皮看了看说:你虽然眼球混浊了,但看清事物的能力还是有的,要不你下次见人主动打招呼。

我想朋友出的招也许是个好办法。从那以后我会主动地微笑、点头,甚至打招呼。叫不出人家的名字,说声"你好"总可以吧。这样试了一段时间之后,果然收到了比较好的效果,那些半生不熟的朋友,在酒酣耳热之际,亲切地捶着我的胸膛说:老石,你没变,还是老样子。

我就很满足地笑,不仅把笑挂在眉梢,还写满腮帮子。一场聚会下来,出了门,满脸的肌肉酸痛,有时得抽自己好几个嘴巴子,这种难受的感觉才得以缓和。辛苦点是小事,混个好人缘,别人不再说我装逼才是大事。一把年纪了,让人背后说三道四总不是一件愉快的事情。

朋友的主意不错,为了治自己的脸盲症,主动微笑打招呼,不论熟人和生人,都不会讨厌我这张笑起来满脸是褶子的老脸,人家反而会一遍一遍地说:老石这人行,还是老样子。

"老样子"是什么? 我不记得了,因为我认为一直是这样的人,除了以前不爱笑,现在为了治脸盲症多了些笑之外,从里到外真的没变过。人家说我"老样子",这也没错。

直到有一次,又参加一个什么聚会,聚会地点在一家酒店二楼餐厅的某一间内。主人很客气,服务也很周到,在一楼就安排了人迎接。进门时,我们来了好几个人。招待的人帮我们按了电梯,一直到电梯上行了,我才想起要微笑,打招呼。于是冲电梯里每个人点头微笑,目光所及的人,也回以点头式微笑。其中一个打扮入时漂亮的年轻姑娘,对我的回应尤其热烈,仿佛和我熟络得很。就在电梯停在二楼的一刹那,她还一步过来,亲热地挎住了我的胳膊。香水和女人的气息弄得我心旌摇动,我竟一时不知如何是好。

别人都走下了电梯,我正犹豫间,电梯门关上了。我诧异地望着身边这个香气四溢的姑娘,她头几乎扎在了我的怀里。

我说:错了,是二楼。

她说:是三楼,你记错了。

电梯转瞬就开了,三楼到了。我几乎被这个漂亮姑娘拥出了电梯,走出电梯我才明白是怎么一回事,原来三楼是酒店洗浴的地方,门口立着猩红的招牌,上面醒目地写着保健足疗、推油、按摩等等。

我甩开这女人的热情相拥,丢了一句:真错了。然后,我狼狈地逃到二楼,电梯都没来得及去坐。

走进包间,同乘电梯那几个人已落座喝茶了,看我进门,都怪异地看我。我面红耳赤地坐下,忙解释:错了!

众人只含蓄地笑,并不说什么,很理解也很宽容的样子。

那次聚餐后来又来了许多人,也碰到了几个真正的熟人,话题热络,气氛祥和,可我一直游离在外,心里仿佛吃了一只苍蝇。

那次聚餐之后,我就下定决心,恢复原样,认识的就认识,认不出来的就依然故我。别人背地里怎么评价我,那是他们的事。

　　人这一生会见过许多人,有些人会留在你心中,浮现在眼前,不认识的,就继续不认识也罢。

辑二 · 颜色

遍地花香

20世纪80年代初,我在边防某雷达团参军,后又到雷达站工作了一年。我工作的雷达站地处内蒙古,北部边陲,听老兵说,雷达站离边境线只有几十里,记得从团部到雷达站时,老兵开了两天的车,起早贪黑的,才把我和满车的供给送到雷达站。

我们这个雷达站肩负着战备任务,是双机连,有五六十号人,算是一个大站了。因地处偏远,周围几十里杳无人烟,平时我们休息时也没什么好去处。不知是哪个老兵在离雷达站十几里路的地方发现了一条山沟,说是山其实就是草原上的土丘形成的褶皱。每年的七八月这里都开满了黄花,金灿灿的一地,扯地连天的样子。这些黄花簇拥着,不经意地在风中摇摆着,发出阵阵袭人的香气。从那时开始,每到七八月份,这条黄花沟便成了我们唯一的去处,从雷达站出来向东走上一个多小时,便是那条令人神往的黄花沟了。后来有人说,这些黄花可以做成黄花菜,城里的饭店一份加些肉片的黄花菜价格不菲。有好事者采了一些回来,交给炊事员去料理,不知炊事员水平差,还是大锅菜不好炒,料理出来的黄花菜味道的确不怎么样。但这时已有老兵探亲把黄花菜带回家里,品尝过,据说和饭店的味道并无二致。

也就是从那以后,有假期的老兵再去黄花沟时,便多了项采摘黄花菜的任务,士兵们相互帮忙,很快便摘了可观的一片。采好的花并不马上带走,而是摊在草地上,待一周后这些花干了,才小心地收回,仔细地留存起来。下第一场雪之后,便有老兵陆续回家休假,带着那些已经干掉的黄花。不久之后,老兵们又会带着黄花菜的故事回来。然后我们望着漫天的飞雪,等待着来年的春暖花开,还有那个关于黄花的美丽传说。

看黄花采黄花一年只有一个季节,更多的时候,我们打发时间最好的方式是连队订的两份报纸,一份《人民日报》,还有一份《解放军报》。《人民日报》全连只有一份,放在连部办公室里,用书报夹装订起来;《解放军报》订到班,我们宿舍就有一份。因为我们雷达站地处偏远,交通不便,这些报纸和我们的信件都是团部运送给养车捎来的,大约一月来一次。我们看到的报纸,也大抵是一个月前的了。读报纸时,我们明知是一个月前的,但对我们来说仍然是新闻,报纸上的人和事似乎就发生在昨天。我们班七八个人,一张《解放军报》不知在我们手里传递了多少回,也不知看了多少遍,原本坚挺的纸张已经变皱发黄,再也发不出纸的声音了,我们仍相传着,报纸上的文字我们几乎都能背诵下来了。在这一个月时间里,这份报纸仍然是我们最好的了解外面世界的窗口。读着报纸上的那些文章,所有的军营都热火朝天、人声鼎沸的样子,唯有我们这里冷漠孤寂,仿佛是被世界遗忘的一个角落。我们经常站在某处望着远方发呆,想象着《解放军报》描述出来的热火朝天的军营,我们向往着。

直到一个月后,又有送给养的车来,我们已有了新的报纸,清脆的纸张声音在我们宿舍里流动着,就像一首美妙动听的音乐。有报纸相伴的日子,士兵们的梦都是繁华的。记得有个新兵姓黄,正在学习新闻写作,所有的旧报纸都被他收集了,厚厚的一沓放在床下,珍宝一样地呵护着。有一天,一个老兵吸自卷的烟,卷烟纸没了,便顺手撕下报纸的一角卷烟吸了,被黄新兵发现了,两人大吵起来。我们第一次看见黄新兵发了那么大的火,脸红脖子粗的,差点哭出来,后来他跑到连部告了老兵一状。在晚点名时,指导员站在队列前重申了一次报纸的重要性,还不点名地批评了那个不爱惜报纸的老兵。弄得老兵很没面子,磨叨了好一阵子。

黄新兵果然在写作上有了起色,他写了许多关于雷达站的新闻和生活趣事,陆续发表在兵种报上,后来他被调到团部当通信兵,后来又考上军校,毕业后又成了名新闻干事,这一切都是后话了。

后来我又经历了许多大小单位,从基层到机关,每天都有《解

29

放军报》相伴,报纸都是当天出版的,散发着油墨气息,但我总想起在雷达站的那些日夜。一份报纸在士兵们手里传来传去的情景,还有那个姓黄的新兵,在夜半时分,把一张报纸放到被窝里,打着手电研究学习的情形。

又是许多年过去了,再想读《解放军报》时,打开手机,点开《解放军报》的客户端,报纸上的内容随时随地都能映入我们的眼帘。不知为什么,我还会想起若干年前的雷达站,孤独的时候站在某一处,眺望着远方,想象着报纸描绘出的火热军营,还有那漫山遍野开着黄花的山沟,阵阵沁人心脾的花香便似伴随左右了。

永远的军绿

我 1997 年转业，先后在北京市广电局、北京电视台等单位工作。从 2001 年开始，根据本人小说改编的电视剧《激情燃烧的岁月》热播，引起了许多部队首长的关注。一次偶然的机会，结识了一位武警部队的首长，他希望我能二次入伍，为武警部队的文化工作做一些贡献。

从离开部队那天开始，军营留下的痕迹并没有从内心消失，相反，对部队的怀恋与日俱增。甚至在梦里，一次又一次穿越回到了部队——曾经留下自己青春足迹和美好幻想的军营。在离开部队的几年时间里，每逢建军节，仍然和战友们相聚，庆祝自己的节日，回忆军营岁月。部队老兵曾流传一句话：只要穿一天军装，这辈子就永远是军人。普通的一句话，浓缩了军人的情感。

我于 2002 年底，又一次正式穿上了军装，成为一名武警部队的文艺工作者。当离开地方单位时，有许多人不解，当时地方待

31

遇要好于部队,况且电视台这种工作单位,就是高工资的地方。但我内心明白,部队再次吸引我的不是待遇,我去那里是因为那埋在心底的不了的情怀,这种情感是无法与金钱换算的。

当我再次穿上军装,踏入军营时,那颗不安、失落的心,似乎才真正找到了家园。一切都那么熟悉、妥帖,这就是回家的感觉。

从部队组建之初,二次入伍,甚至三次入伍的官兵不在少数,尤其是当下,因为部队训练作战的需要,不断地有技术人才、身怀绝技的士官重新投入到军营。他们义无反顾,告别稳定的生活,投身到军营,也一定不是因为某种待遇的诱惑,还是心底里对军营的热爱、对军绿的憧憬和梦想,让他们放弃了安逸,回到了梦开始的地方。

人生的意义就是梦想,军营的梦想是那一抹永远的军绿。青春时撒下的一粒种子,在这方土地上,长成参天大树,再也不可撼动了。

祖国若有战,召必回。这是每一位离开军营的官兵留下的誓言。我们走了,又来了,一切都因为祖国的需要、人民的需要。不再回头,再次走进那片永恒的军绿之中。

永远的战友

一年前他从军人变成了文职。那会儿他是军医,现在是文职医生。脱下军装,换成了文职人员制服。脱下军装改成文职他并不情愿,是因为从小对军人的敬仰,他才考入军医大学,毕业后便来到了这家部队医院工作,人们都称他为杜军医。

改成文职那一刻,他觉得自己似乎被这个集体遗弃了,虽然他还是医生,又总觉得哪里不对。每天上班,脱掉外套,换成医生的白大褂时,才发现,挺括又厚实的军装没有了。闲下来时,经常走神,总是会想起自己穿军装时的样子。

有病人再热情地称他为杜军医时,虽然他仍然点头微笑,却没了往日的底气,在心里说:我已经不是军医了,是文职医生。这么在心里说过,惆怅便弥漫在身体的每个角落。以前每天从家属区来到医院上班,军装笔挺地穿在身上,路人便纷纷向他注目,他很骄傲,内心洋溢着作为一名军医的自豪感。如今他成了文职,每天上班时,总是在文职服装外再套一件其他服装,唯恐被人看见。每天上下班就像做贼一样,心虚得很。他在心里一遍遍地告诫自己,已经不是军人了,就是一个普通的文职人员,一名普通的医生,昔日军医的光彩已不复存在了。

这个春节他本想回老家,高铁票已经订好,回老家的年货也准备下了。以前,每当过年过节,他都会被列入值班名单中,其他人放假,军人就要值守在最需要的地方。这样他也没觉得有什么不好,军人的职责,名正言顺。这是他改编成文职人员后,第一次休春节的假期。就在他衣服已经换好,正准备在手机上叫出租车时,突然一条医院群发的短信石破天惊地出现在他手机屏幕上:接到短信的战友,十分钟后在医院会议室集合。这是命令,他看到短信那一刻身体一抖,下意识立正站好,就像在军人的队列里。命令就是命令,他从手机中退出打车软件,快速地下楼,向医院奔去,一如往常的军人速度。

命令终于下达,所有接到短信的战友,两小时后在机场集合,奔赴抗疫前线。命令就是十万火急刻不容缓,在机场专机前,他看到了几家军队医院的医护人员都在朝着这里集结,一队队一列列,所有人都穿着统一的作训服。抗疫前线就是战争发起的地方,哪里有危险,哪里就有军人的身影。这是登机前院政委简短的动员。他站在队伍里热血偾张,就像一名随时准备冲锋的勇士。

来到抗疫前线,马不停蹄,培训,接管医院,当他穿上防护服走进病区的那一刻,他变成了战士,一个个倒下的病人,就是负伤的战友,身边就是炮火连天的阵地。防护服变成了战士冲锋陷阵时的盔甲。后背上有他的名字:某某医院,杜守方。父亲是名军人,虽早已离队,但军人的情愫却伴随了父亲大半辈子。他出生时,父亲刚从部队转业,希望他也能成为一名军人,守卫四方。于是便有了"守方"这个名字。后来他如愿地成了一名军医。文职医生让他心里刺痛了好久。

在一张重症监护室病床前,一位中年男人捉住了他的手,虽然隔着手套,但仍能感受到中年男人的热情,病人气喘着说:"杜军医,看到战友们增援,我有希望了。"病人断续地告诉他,自己也曾经是名军人,不料被疫情击倒了。病人颤颤地举起手在病床上为他敬礼,他立在床下为病人还礼。那一瞬,泪水在他护目镜后面模糊了双眼。

十天后这位战友出院了,他们医护人员为出院的病人送行。昔日的战友又举起了手臂向他们敬礼,所有人排成一列向他还礼。战友含着泪道:"我虽然看不见你们的模样,但我知道你们是我的战友。"一句话让所有送行的人泪目。

又一次,一位大妈见到他似乎要从病床上挣扎着坐起来,他忙扶住她,问她有什么需要。大妈半抬着手,泪水突然浸湿了眼睛,半晌,大妈哽着声音道:"杜军医,能让我摸一下你吗?"他怔了一下,小心地低下头,大妈的手颤颤地隔着防护服在他后脑勺温柔地抚摸了片刻。大妈说:"看到你就想起我的儿子,我儿子也是名军人,他是名战斗机飞行员。"大妈拭着自己的泪。他想起了等他回家过年的母亲,真想热热地叫声"妈"。大妈拭了泪,瞬间又刚强起来:"我没告诉儿子我病了,他是军人,国家需要他,不能让他分心。"他向大妈敬礼,代替她的儿子。

几天后,大妈病危,他们采取了一切可以采取的手段,还是没能挽救回大妈的生命。在最后时刻,大妈的眼睛微微张开了一条缝,似乎不甘,又似乎在寻找着什么,他跪在大妈床前连叫了三声"妈"。这是他老家的习俗,呼叫亲人是为了留住亲人的魂。儿子不在,他替代了。

一批批病人转到医院,他们生命垂危,挣扎在死亡线上。当接诊的人员告诉这些病人,是由某某部队医院负责救护他们时,几乎所有的病人都露出微笑和放松的表情,他们对军人是信任和期待的。

一波又一波病人,一个日夜又一个日夜地奋战。疫情终于在他们的手里和眼前退却了。他们胜利了。

当凯旋的专机接他们时,机场跑道边挂着一条横幅:"战友们接你们回家。"普普通通的一句话,所有人又一次让泪水模糊了视线。他们出征时,专机上一直在播放那首《驼铃》:"送战友,踏征程,默默无语两眼泪……"如今他们凯旋了,专机组人员又为他们准备了另外一首歌《人民军队忠于党》："雄伟的井冈山，八一军旗红，开天辟地第一回，人民有了子弟兵……"

终于回来了，刚到医院门前，他们便被一面面插在医院大门口两侧的军旗震撼了。一面面军旗在风中猎猎飘扬，留守的官兵以及所有文职人员列队欢迎他们，正中一条横幅："热烈欢迎战友们胜利归来。"

战友这一声普通的称谓，此时，在他心里犹如一团烈火燃烧，热烈滋润。

老兵

老兵是 1998 年入伍的，在那场著名的洪水后。邮递员跋山涉水把一张华北地区的大学录取通知书送到他手上时，他没有欣喜，而是登上了县城外子弟兵筑起的堤坝。滔滔的洪水正湍流而过，不远处就是子弟兵为看护堤坝扎起的一排排一列列帐篷。此时，奋战了几天几夜的军人们，衣不解带地仰卧在潮湿、泥泞的田地里休息。这拨儿军人已经在这片河道里奋战了两个多月，他们的身后是数万亩良田，还有数十万的群众。

大水泛滥时，他刚参加完高考，十几年的苦读，就是为了这次高考。他梦想着考入一所理想的大学，开启他人生最浪漫的一段青葱岁月。他甚至还想利用假期去旅游一次，他在这之前和几个要好的同学约好了，去北京或者上海这些他梦寐以求的大城市里看都市和古迹。这一切还没成行时，先是下了几场罕见的雨，他有记忆以来，仿佛所有的雨都在 1998 年夏季下完了。江水在涨，河水在肆虐,先是县里人组织抗洪,人喊机鸣,他们筑起的堤坝赶不上洪水的涨速,身后的家园危在旦夕。在那个风雨交加的夜晚,一列列一队队军人冲上了防护堤,就是在那一刻,他们从来没觉得如此安全。军人肩扛手提把沙袋一层层码在堤坝上,筑起了一道血肉城墙。

他亲眼看见,堤坝底部有一处管涌了,滔天的洪水在堤坝上撕开了一道口子,仍然是这些军人,他们手拉手肩并肩跳到了洪水之中,用血肉之躯抵抗着洪水……

在大学开学前,洪水终于退去了,军人们收起营帐,列着队,迈着整齐的步伐,唱着军歌走了。田地里还留着他们休息时身体仰卧的印痕,以及他们与洪水抗争的一幕幕往事。

他就在那天做出了一个决定,放弃华北那所大学,去参军。他把自己的想法和父母说了。父亲凝视着他,母亲担忧地望着他。他说:"我想好了,不能参军我会后悔一辈子。"父亲避开他的目光,望着远处的堤坝。良久,留下一句话:"你自己不后悔就行。"母亲的泪挂在眼角。

他就是在 1998 年底参的军。

2008 年汶川发生那场罕见的地震时,他已经是二级士官了。

我就是在那次采访中认识的老兵。我来到一所废墟一样的中学时,他已经在挖掘机上连续工作超过了十八小时。对了,他是挖掘机手。当另外一个士兵替换他工作,他站到我面前时,眼里已布满了血丝,嘴唇上脱了一层皮,人又黑又瘦,头发也是蓬乱的。采访老兵是他们所在政治部宣传处推荐的,就在三天前,他在一间废墟的教室里救出了十二名学生。三天前,那是个雨夜,他已经连续工作十五六个小时了,雨很大,抢救现场因断电没有照明,连长建议他撤下来休息。在这之前,他似乎听到了孩子的呼救声。一周前,他们部队挺进到震中时,他的耳旁一直萦绕着这种呼唤。他想起了 1998 年那场罕见的洪水,他和乡亲们也在心底里发出一阵阵这样的喊声。

1998 年是解放军用生命和汗水守住了堤坝,保护住了他们几十万人,不,是保卫了整个被洪水包围的土地和人民。从参军那一刻,他一直牢记着这种恩情。

眼前地震过后的废墟,在老兵的眼里时间就是生命。他没有退缩的理由,在那个雨夜,他小心地挖着,一点点寻找着,终于,在黎明时分,也就是在他连续工作超过二十四小时之后,在坍塌的教室一角,他找到了那十几个仍有生命迹象的孩子。他跳下挖掘机,奔跑着呼喊着,奔向那十几个缩在墙角的孩子。

汶川地震救灾之后,他荣立了一次个人三等功,所在连队集体的二等功。

那次我采访他之后,他真诚地望着我的眼睛说:要报道就报道我们部队吧,我们是个集体。他牵动着干裂的嘴唇想挤出一丝笑,但还是没有笑出来。他说,在汶川这段时间里,他哭了太多次了,看到被地震毁掉的家园,看到那些失去生命的人……

那次在四川我断续地采访了一周的时间,离开老兵那个部队时,我又看到老兵开着那辆挖掘机驶向了一片废墟,我向他告别,他从驾驶室里探出头,又一次真诚地向我请求道:"作家,千万别写我个人,别写我的名字,真要写就写老兵吧。"我尊重老兵的建议,写了老兵所在的部队,他也在我的笔下出现过,名字换成了"一名普通老兵"。我们互留了电话,我邀请他有机会来北京,一定找我。他那次说,到北京看古迹的愿望还没实现。我记着老兵的愿望。

大约是两年后吧,我接到一个陌生的电话,接听后才知道是老兵打来的。他告诉我,他已经转业回了老家,现在开了一家汽车修理店。他说希望努力几年在老家买上一处房子。我邀他到北京来,陪他看古迹。他答应了。

两年前,我突然接到了老兵的电话,他说,已经到北京了。他已经来一周了,明天就要走了,没好意思打扰我,希望能见我一面。那次,我请他吃了一顿饭,他来的不是一个人,是一家三口。孩子已经上学了,妻子是老家县城里的一名护士,这是一个普通而又幸福的三口之家。老兵比我在汶川见到时胖了一些,也老成了许多,唯一没有变的是他的真诚的眼神。我们互加了微信,说了常联系的话。

在这两年时间里,我们偶有问候,并没有更多的往来。

2020年这个春节注定将载入史册。在大年二十九这一天,因为疫情武汉封城了,全国人民的目光都投向了武汉。整个春节,少了欢笑和祥和,多了焦虑和牵挂。几日之后,各地都传来了不同程度关于疫情的消息。口罩成了这个冬天每个人的标配。

这个春节,我没接到老兵互致问候的微信,我发出的问候也没有得到老兵的回应。起初我并没有放在心上。

大年初七一大早,我接到了老兵的语音。他告诉我,春节期间去了一趟武汉,自己一个人开着卡车去的。口罩、防护服没有买到,他租了辆卡车,在老家超市采购了一卡车食物,在初一那天上路了,十几个小时到了武汉,城里他没有进去,把一车的食品卸到了城外,转交给了防疫指挥部的工作人员。他说:进不去武汉,也不能给武汉添乱。老兵没有停留,又驾驶十几个小时的卡车回到了老家。

老兵最后说:"作家战友,给你拜个晚年,希望你保重平安。"

我听罢老兵的一串语音,一时不知说什么好。我的眼前又浮现出老兵的样子,憨厚质朴,眼睛里流露的永远是真诚。我心绪复杂,不知说什么好。久久之后,我给老兵回复了一条信息:"向老兵致敬!"

老兵是众多老兵中的一员,平凡而又闪光。

——对了,老兵姓徐。老家在江西九江。

老班长

　　每个入伍的新兵,都会经历第一任老班长。每个老班长都是不同的,唯一相同的就是老班长的身份。我们每个有军旅生活的人,心里都各自装着自己的老班长。

　　我的老班长姓关,黑龙江人,脸膛微红,个头一米七五左右,长相是标准的北方男人。那时,他应该二十出头,在我们这群十六七岁的新兵面前,显得成熟又老练。一身洗得发白的军装,还有缀在领口颜色已不饱满的领章,这一切都在向我们证明着他老兵的身份。

　　关班长已经是第四年的老兵了,老兵的样子我们是学不来的,他举手投足一切都已经程序化了。我们第一次列队站在他的面前时,他是一副处变不惊的样子,下巴微微抬起,目光在我们脸上一一扫过,拿着花名册点了一遍名字。放下花名册,他就彻底记住了我们。

新兵连的三个月,就是关班长陪着我们度过的。新兵连的生活紧张而又刺激,比如夜半,突然响起的紧急集合哨声,我们在睡梦中惊醒,手忙脚乱地穿衣戴帽,混乱地打着背包。黑暗中,两个人扯着一条背包带你争我夺,你碰了我,我踩了你,宿舍内乱作一团。

关班长此时已经背好背包,站在屋内中央,一遍遍地说:不着急,注意动作要领。接着,他第一个冲出宿舍,早早地站在操场上的集合地点等着我们了。

紧急集合后,是五公里越野长跑。我们慌乱之中打起的背包其实就是样子货,没跑多远,就有人的鞋子从背包上掉了下来,有的背包跑散了,抱着被子继续跑,前面抱被子的,被后面踩到了,然后就是滚作一团。关班长跑在我们三班的最后。跑到终点时,天边已经微亮。我们回头去看时,关班长身上不止五六床被子散落在他的肩上和腋下,手里还提着若干双鞋。关班长在被子中露出头来,淡淡地看着我们,仿佛他经历过无数次这种残兵败阵的样子了。

一次又一次紧急集合,我们终于衣衫背包整齐地站在他的面前时,关班长又微抬起下巴,处变不惊的目光从我们脸上扫过,此时,关班长的眼神是欣慰的。经历了三个月的军训,我们已经是一名合格的战士了。

新兵连三个月,周末的时候,关班长组织我们爬了几次山。

山就在我们驻地的门口，每天出门，对这座山需仰视才能看到山顶。山没树，多石头，我们就称它为石头山。

周末，我们写完家信，洗完衣物，就和关班长一起爬山。关班长床铺下放了一支竹笛，紫红色，每次爬山，他都要把那支笛子带上。几十分钟后，我们气喘吁吁地爬到了山顶。风吹着很惬意的样子，站在高处，心胸就开朗起来，冬日的阳光虽没力气但也鲜亮。有风吹着少许的草，沙沙作响。

关班长这时会找到一块平坦的石头坐下来，开始吹笛子。笛声悠扬，曲调明快，我们所有人的心情都大好起来，忘记了思乡，忘记了种种，齐齐地围在关班长身边，关班长就行云流水地把笛子吹下去。

有时关班长爬完山后，并不吹笛子，而是躲在没人处，拿一张照片看，看上一眼，想一想，然后再看一眼，再想想。有眼尖的战友，发现关班长的照片上是个女人，而且是个年轻女人。我们像侦察兵似的潜到关班长身边，终于看清，照片上果然是个姑娘，浓眉大眼，梳着一条长长的独辫，很像样板戏中的李铁梅。

从那时起，我们知道关班长恋爱了，他的恋爱对象是老家的姑娘，叫李小萍。这是我们从关班长写信的信封上看到的。

恋爱的关班长满眼幸福，一脸慈祥。每到休息时，他都会吹笛子，曲调自然悠扬甜美，洋溢着幸福和欢乐。

新兵连结束后，我们这批新兵被分到了老连队，关班长的单位是团部的警通连,虽然我们不在一个连队了,但还能经常相见。每次见了我们,他依然以老班长的口吻说:"好好干!"

在新兵连时,他对我们说得最多的话就是"好好干"。当然,他自己也在努力好好干呢。他当满三年兵时,就入党当了班长,他正在奋斗想留在部队提干,能成为一名军官是许多战士的梦想。

不久,我们在团部招待所见到了关班长,他的身边站着一个姑娘。关班长就热情介绍说:"我女朋友李小萍。"我们恍然大悟,这就是我们在照片上看到的李小萍,一根独辫,甩在身后,朴实而又阳光,像一株向日葵。我们就叫"嫂子",我们这么称呼对不对,只能这么衷心地叫着。

李小萍红了脸,关班长也羞涩地笑着,热闹了一阵子,关班长就带李小萍去招待所了。我们用羡慕又祝福的目光望着两人走进招待所的大门。关班长魂牵梦萦的女朋友终于来部队看他了,我们都为关班长感到高兴。

那几天的傍晚,我们训练回来,路过团部招待所,都能听到悠远的笛声从招待所里传出来,这是关班长幸福的笛声。

年底,我们突然听说关班长要离队了。年底是老兵复员的日子。关班长已经是五年服役期的老兵了。

关班长离队那天,我们都去送他。警通连正在举行老兵向军旗告别仪式。关班长站在队列中,向军旗敬最后一个军礼。礼毕后,他们要摘下象征着正式军人的领章和帽徽,当关班长摘下帽徽时,他眼泪流了下来,落在帽徽上。他仔细把泪擦去,用手绢把领章和帽徽包好,小心地装在衣袋里。

我们向没了领章帽徽的关班长告别,没了领章帽徽的关班长,似乎一下子失去了神采,他看看我们这个,又看看那个,帮我们扶正了帽子,又拉了拉我们不平整的衣襟,然后又拍着我们的肩头说:"好好干。"他说这话时,眼里又充满了泪水。

在团部门前,我们向关班长告别了。我们一起为关班长敬礼,关班长举起手,犹豫一下还是还了礼。他转过身去时,眼泪再一次掉了下来。他再也没回头,走进老兵的队伍中,登车离去。

关班长走后,我们才知道,关班长一直被当成军官的苗子来培养,只是在那一年,部队有了新规定,所有军官要通过军校来培养,部队直接提干的惯例已经被解除了。关班长只能复员回了老家。但他的那句"好好干",一直揣在我们的心里。

两年后,我们又一次见到了关班长,他是在团部门口值班室里打的电话。我们跑出去见到了站在团部门口的关班长。他穿着一条灰色的裤子,上身仍然穿着洗得发白的旧军装。他身上背了一个编织袋,鼓鼓地甩在身后,他的身旁多了一个年轻姑娘。他见了我们,一笑道:"这是你们嫂子。"

我们打量"嫂子"时,发现这姑娘已经不是我们见过的李小萍了。这姑娘身子骨有点单薄,眼睛也没那么大,留着短发。"嫂子"冲我们笑,我们想请关班长到宿舍坐坐。他说:"不了,我们还要赶火车。在这儿换车就是想到老部队看一眼。"

从"嫂子"的嘴里我们知道:他们这是要去南方打工,本来有直达的火车,可关班长非得舍近求远,在我们驻军的这座城市换一次车,一定要到老部队来看看。他们下车时就买好了换乘票,已经没有多少时间了。"嫂子"一遍遍催促着关班长去火车站。

关班长依次把我们打量了,摸摸这个人的衣领,又抻抻那个人的衣襟,然后一遍遍地说:"好好干!"

我们依次点着头,"嫂子"用力拉了一下关班长,关班长一个趔趄,"嫂子"说:"快走吧,再不走,真的赶不上车了。"

关班长甩开"嫂子"的手,透过我们的肩膀,又深深地向团部院里看了一眼,然后冲我们说:"好了,该看的都看了,走了。"

我们又一起给关班长敬礼,他愣了一下,忙给我们还礼,还礼的动作已经生疏了,也不那么标准了。他笑一笑,又说了句"好好干!"然后就被"嫂子"拉着,火急火燎地走了。背在他身后的编织袋,遮住了关班长的背影。

后来我们听说,李小萍是因为关班长没能成为军官,在他回乡后就和他吹了。后来经人介绍,关班长和现在这个"嫂子"结了婚,两人商量着去南方打工奔生活去了。

去了南方的关班长偶有信来,每次来信都在询问我们部队的变化和战友的近况,最后一笔,总会写上一句:"好好干!"后来,我们这批兵大都复员离开了部队,有的考上了军校,也有人因工作关系调走了。渐渐地,我们和关班长失去了联系。

许多年之后,我突然接到一个陌生的电话,对方怯怯地先核实了我的名字,又问我认不认识一个叫关长江的人,关长江就是关班长的名字,确认后,他才说,他是关班长的儿子,想跟我见一面。

我见到关班长儿子时,一下子想到了年轻时的关班长,标准的北方小伙子长相,脸膛微红。他怯怯地看着我。从关班长儿子嘴里得知,关班长在北京一家医院治病,已经来两个多月了,他辗转了许多人,终于查到了我的电话,然后打发儿子来见我。

我赶到医院见到了关班长,癌症已经把关班长折磨得不成样子了,消瘦无力,眼窝深陷,头发稀疏,软软地贴在脑门上。他见到我,洞开一张嘴,打量了我半晌,呵呵地笑了两声,然后拉着我的手让我在床边坐了下来。

关班长这病已经得了有几年了,在地方没法治,后来被儿子强行送到了北京。他们带着最后的希望到了北京,可惜的是,一切都太迟了,北京的医生也无力回天了。他找到我后说出了一个心愿:想去天安门看一次升旗。他说这话时,眼睛又放出了亮光,握着我的手也开始潮湿起来。

第二天早晨,我从医院把关班长接了出来。他让儿子又给他换上了旧军装,那身旧军装穿在他身上显得肥大了许多,他抬手的时候,我发现旧军装的肘部已经打了补丁。

我和关班长儿子推着轮椅来到了清晨的天安门,那里已经有许多看升旗的人等着了。我们站在人群中,很快从金水桥那边一支护旗队伍铿锵地走了过来。

关班长侧着头,望着护旗方队的每个动作,一直看到国旗升起,护旗士兵在向国旗敬礼。关班长坐在轮椅上,努力让自己坐端正,颤颤地举起了手。国歌声中,他的手一直那么举着,一直到国歌结束。我发现关班长的脸上满是泪水。

那天,我们在天安门国旗旁边待了很久。游人散了,关班长让儿子为自己拍了一张照片,背景是国旗和护卫国旗的武警战士。

看完升旗的第三天,我又接到关班长儿子的电话,他告诉我,他们已经坐上了回老家的列车。他儿子把电话放到了关班长耳边,我有些难过地说:"关班长,你怎么就走了?"他含混地说:"不治了,治了也没用,回老家⋯⋯"他还说:"这次来北京很开心⋯⋯"

关班长走后,我心里沉甸甸的,总是想起他。

一个月后,我接到关班长儿子的一条短信:"爸爸离开了这个世界,他走得很平静。"

我不知说什么,只给关班长的儿子回了三个字:"好好干!"

辑三　文艺·青年

我们为什么读书

生于 20 世纪 60 年代的我们，读书成了我们那一代人不可或缺的一部分生活内容。在我们长大的时间里，社会没有让我们有更好的消遣内容，读书成了我们唯一的爱好，读专业书籍不算，读文学作品成了我们这代人最大的消遣。许多年过去了，我们仍然把读书当成生活的一部分。一旦习惯养成，它便成了生命中不可缺少的一部分。

20 世纪 90 年代末，各种媒体正处于日新月异、改头换面的时期，网络阅读便成了一种时尚。现在的手机阅读，让我们阅读更为便捷。随着阅读工具的变化，阅读内容也发生了本质的变化。网络的通俗化和手机阅读的碎片化，让我们的阅读内容变得越发轻浅。一则幽默故事、一个流行段子，成了我们阅读的主流。

20 世纪 80 年代，公交车上、公园的排椅上，甚至农村的田间地头，随时可见青年手捧一本厚厚的书阅读的身影，从中外名著到唐诗宋词都是我们阅读的对象,现在地铁里、公交站下,甚至走在路上,我们都可以看到人人拿着手机看的景象。

碎片式阅读,让我们感受到了苍白,于是,这几年政府提倡读书,想让我们以几十年前的读书景象取代现在的阅读风潮。

人一旦养成了习惯,是很难改变的,我们已经习惯了手机阅读的方便快捷,从新闻到娱乐无所不能的手机式阅览,现在,想让我们重回到二十年前,拿着厚砖头一样的书去苦读,这并不是一件容易的事。

"90后"和"00后",这两代人是喝牛奶吃面包长大的,他们的阅读方式已经很难改变了,就像他们的口味,妈妈的家常菜已很难满足他们对西式快餐的追求了。他们快餐式的阅读和他们的饮食习惯一样,很难再接受传统的口味了。

生于20世纪60年代的我们,是读《钢铁是怎样炼成的》、读普希金和泰戈尔、读《牛虻》和《安娜·卡列尼娜》、读四大名著长大的。他们则是看《变形金刚》、日本动漫,看穿越剧长大的一代。社会在进步,进步的社会创造了与之同步的文化。高速发展的社会,让文化成了消费。

我们的读书习惯是:在一个晴好的空闲时间里,沏一杯茶,打开一本散发着油墨芳香的书,一行行,一页页,阅读让我们沉静下来,我们在读书中学会了思考,读这个社会,读自己。总会有那几本书,成为我们的枕边读物,即便躺在床上,也会读几页,让思绪回笼，在沉静中睡去。醒来，也会读上几页，在思考中开始我们一天的工作。日复一日，我们在读书中成长。

有时工作忙了，或者被什么事情打扰了，几日没有读书，发觉自己的内心空空荡荡的，仿佛生活也少了些什么，一直到捧起书，让心静下来，似乎才又回到原有的生活轨道上。心便踏实了下来，日子便又是日子了。

当下，也经常见到阅读的人，在星巴克或上岛咖啡店内，一本电脑或者一部手机，周围是嘈杂的、混乱的，一些阅读的人一边听音乐或一边发着微信在阅读，想必那颗阅读的心也是飞来荡去的。碎片化的内容，让我们信息丰富，内心纷乱，滋生出许多欲望，我们的心便不再变得平静。阳光依旧是阳光，日子却不是那个日子了。

有人说，我们的心有多大，世界就会有多大。读书可以让我们的心变大，因为读书让我们开阔了视野，每一本书就是一部人生经验合集，我们吸取了前人的人生经验和生命感悟，虽然我们足未出户，心灵已经领略了万千景象。随之，我们的人生经验也呈几何式增长。人生的智慧是伟大和奇妙的，正因为我们吸取了聪明人的智慧，才会让我们更加聪明和智慧，于是有了社会发展的动力。我们一代又一代也就拥有了超越前人的勇气和力量。

读书让我们有了世界视野，我们的心大了，世界也就随之放大，我们包容着这个世界，也丰富着这个世界。

其实我们这一生读不了很多的书,读书的选择就成了我们事半功倍的选择,适合自己的就是好书,别人推荐的好书,也许并不适合你。在茫茫书海中,总会找到适合你自己的书,只有写书者的人生视角和生命经验与你发生了撞击,才会勾起你的阅读快感,嬉笑怒骂都会得到你的共鸣。

别人的名著永远是别人的,你要选择你自己的名著。写书者名气大小并不重要,适合你就是最大的;不适合你,他就是最小的。一个陌生的书写者能够把他的同类带到一个奇妙的世界里,这就是一个奇迹,在陌生又熟悉的世界里,寻找到这个同类,也是读书者的幸事。

一盏孤灯,一支香烟,一本阅读不够的书,这是一种人生境界。习惯让这种境界无限延长,延长着的还有沉甸甸的幸福感。

每个人的生命是有限的,然而阅读却让我们人生的宽度得到了无限的放大。我们每个人的生活只有一种,但阅读会让我们的经历无限丰富。

阅读让我们的大脑学会了思考,像秋天的谷穗,饱满丰硕,沉甸甸地垂着,那是饱满的质量让我们学会了谦恭。

阅读让我们的心情变得愉悦,快乐的生命变得货真价实。快乐也是分等级的,只有精神快乐才是永恒的。我们在永恒中学会了飞翔。

阅读让我们学会了包容,因为我们的心已经足够大,不仅装得下高贵同样也包容卑劣。包容就是一种有条件的宽容。

阅读让我们能和平地面对生死，因为欲望让我们恐惧死亡，死亡让有欲望的人变得一无所有。读书人只剩下一个欲望，那就是，只要让我的灵魂继续读书。读书的人都知道灵魂是自由的，自由的灵魂即便在身体消失之后，仍然可以穿行在书香之间，阅读不止，灵魂不灭。

痴迷碎片阅读的孩子们，我不知道是否学会了思考，是否感受到了永恒的愉悦，更不知道他们是否学会了包容。只有阅读的浮云在他们眼里消散，他们真正感受到读书的乐趣，读懂别人的灵魂，才能真正找到自己的魂魄吧。

愿孩子们早日抛弃碎片阅读，回到真正潜心阅读上来，如此一来，你们的生命质量才会饱满而又壮硕。

文艺青年

进入 21 世纪,文艺青年渐渐流行起来。文艺青年的标志是不穿名牌。标准打扮是:运动鞋、牛仔裤、衬衣,依据季节脖子上会搭一条成色不一的围巾。

文艺青年大都有一个比较稳定的工作,吃穿不愁,但也并不富足,也不耻去谈金钱。

文艺青年读流行的书,内容有生活哲理,文字优美、时尚先锋的图书便成为他们的必读书目。他们只看英剧、美剧和法国电影,对国内的电影电视常常会嗤之以鼻。

文艺青年很少去实体店购物,他们购物大多是通过各种淘宝店。足不出户,却也丰衣足食。

他们流窜在各种有名有号的地段的咖啡厅里,一部电脑、一本书、一杯咖啡,三两志同道合者,足以把一下午的美好时光打发干净。

他们不关注政治，把和政治沾边的人一律称为"傻逼"，他们只关心时下的流行元素，交流某一部新结构电影，谈论一下陌生又遥远的男女演员的演技和情史。

他们聚会的地点小众且小资，不在乎花钱多少，在乎的是环境和菜肴的陌生感，他们肯于尝试各种新鲜事物，包括饮食。

他们只谈恋爱，并不急于结婚，对同性的爱情，会心一笑，并给予充分理解和尊重。

他们的家居简单简约，大都是宜家的货色，一副随时搬家又处处是家的气派。

他们大都生活在底层，思想却瞄准精英行列；他们看不上生活中的鸡毛蒜皮，又不耻精英们主宰这个世界的逻辑；他们有着自己生活的哲理，那就是让自己的文艺气质去点亮自己的生活。

他们生活在俗世洪流之中，却不想沾地气，觉得地气会让他们变得恶俗，失去了文艺青年的纯粹。他们在生活中挣扎，纠结。要做一朵荷花，出淤泥而不染。他们要力争上游，挺起自己与众不同、超凡脱俗的头颅。他们冷眼打量这个世界，用小众又小资的心检点自己，追求着生活，要让自己的品质永远不和大众同流合污。

20世纪七八十年代，同样有一批青年，被称为文学青年，那一代文学青年的精神气质和时下的文艺青年有着许多相似之处。

七八十年代的文学青年，腋下或左肩右斜的黄军挎里永远装着一本或几本与文学有关的书,他们大多是学生打扮,女青年留齐耳短发,男生的长发以能甩起来为宜,着装简单明了。时常张口普希金,闭口弗洛伊德,说萨特的存在和虚无,也谈加缪的道理。他们愤世嫉俗,又忧国忧民。他们有理想有抱负,用一颗文学的心感受着时代。

20 世纪七八十年代的文学青年和当下的文艺青年,所不同的是:一个关注政治,把自己放置到生活的旋涡之中,期待让风暴来得更猛烈一些;当下的文艺青年却以远离政治为荣,祈求生活平静安逸和小资。

文学青年入俗也入世,因为年代,他们学会了包容和忍耐,随着青年渐变成中年,他们基本上都成了社会中普通的一员,但文学的良知和视野,影响了他们一生的审美,也因为文学,许多人因此改变了生活轨迹。

梦想如初,时代不同,从文学青年到文艺青年,他们的精神却没有变。文艺青年总有一天当累了的时候,当他们三十大几,快四十岁时,文艺青年的身份让他们感到了累,甚至于自觉和眼下这个社会格格不入时,他们也学会了妥协,锐利的锋芒不再尖利,收起利爪和小资的心,入乡随俗,为人夫为人妇,柴米油盐地过起了另外一种入世入俗的生活。

生活的责任和压力重新回到了他们的肩上,在结束一天的喧嚣,孩子哭闹之声变成了梦呓之时,思想又回归了自己,在失眠的夜晚枕着自己的双手,在黑暗中思考人生和哲理,这种想法刚冒个头,劳累的困意便席卷了意识,那么,就只有在睡梦中与凡俗纠缠了。

梦醒时分,就又是一天的开始了,乘公交挤地铁,"壮士""烈士"地又开始了新的一天的厮杀,拖着已经不再年轻的身体,奔波往返于家和单位之间,丈量着生活的长短。

欲望

我们从呱呱落地那一瞬,便有了欲望,不用教便知道去找母亲的乳汁。

青春年少时我们的理想是好好学习,日后做一个有用的人,因为有用的人就能多挣钱,有了很多的钱会让我们过上美好的生活。我们为了自己的人生目标,一路奔了下来。

后来,我们吃好了,生活也算过好了,接下来就有了更多的欲望,当局长的还想当部长,有了千万还需要有一个亿。

当下的贪官,无一例外都和金钱有关,捎带着还会拥有许多女人。金钱和女人是男人最大的欲望,不是为了消费而是占有。只有占有才会满足欲望。

人生就像玩一场游戏,在生命的过程中,当牛做马的动力都是为了满足自己的欲望,让金钱变得更多,让自己征服更多的女人,只要染指,或尚未染指的,也想早日归到自己名下。

人活在世，都知道自己未来终将与这个世界告别，赤身来，赤身去，不会带走一片云彩，但生命的过程，我们想拥有更多。越多越好的欲望，让我们欲罢不能。

我们忙来碌去恨不能把世界的财富都据为己有，把美色占尽，只求曾经拥有。

葛朗台临死之前还做出手势，让下人们吹灭灯盏只留一盏足矣，可见我们人类对钱财的迷恋到了多么精打细算的地步。我们只要有一口气，欲望就与我们同在。

欲望是我们人类的劣根，也是我们生存的动力，我们从懂事开始，先人们就要教我们如何节俭持家并希望我们成人后创造财富。社会发展离不开财富，创造财富的过程让我们人类越来越聪明，一代又一代，人类在创造财富过程中，社会繁荣发达。

贪官们利用权力和社会的潜规则也在聚拢财富，财富多得已经几辈子花不完了，但并没有罢手。财富是无限的，欲望也水涨船高。贪官们像一个魔术师，把财富变成无限多，最后魔术穿帮了，所有的财富又灰飞烟灭。赤条条来，果然又无一例外赤条条地去了，留下的只是一个从繁华到虚无的过程。

我们这一生从最初的吃饱穿暖到后来的骄奢淫逸，为欲望而生为欲望而活，为了欲望割舍不下这个世界。有一天，我们没有欲望了，这个世界又会怎样？

欲望是我们生存于世界的原动力，但如何规范我们的欲望，让我们的欲望光明正大健康向上,才是我们人类的最高准则。

只有信仰才能规范我们的欲望,我们的信仰从哪里来,这又是我们一生都在寻找的目标。找到了就是幸运,迷途者也许终生都不会找到。

不要让欲望成为我们的信仰,让信仰规范我们的欲望。

媒体

影视传播媒体,主要收入来源是广告。投放广告的商家关心的是自己广告的受众多少和范围,于是就有了电视节目的收视率。广告商投放广告,便会依据平台收视率。于是电视台每部戏的播出便成了台领导要求的硬性指标。

一些雷剧、神剧、狗血剧便应运而生,电视观众永远是一些闲杂人员。要么就是以"80后""90后"为主体的一些年轻人,他们的口味在追求明星偶像,还有当下社会热点话题。电视台在拼命迎合受众群体的口味,于是他们在选择购买制作方的片子时,便加强追随口味和偶像明星的阵容。

明星就那么几个,各路制片方为自己的戏能有收视率抢明星,抢来夺去,明星的价格随行就市,一路飙高得吓人。投资方的预算,从几年前的每集几十万元,疯涨到一百多万、二百多万,个别被称为大戏的达到了三百多万,一部能放上台面,被称为大戏的几十集戏，投资高达过亿。这种投入的戏并不鲜见。

没有钱大手笔投入的，便在重口味的故事情节上"下功夫"，手撕鬼子、手榴弹炸飞机，一支箭比机枪大炮威力还要凶猛，人物成了符号，主人公已经不说人话了，抗日英雄壮士永远穿着奇装异服，女抗日英雄渐渐多了起来。这些人物，要么衣着鲜亮，甚至着露肚脐装已经充斥着电视屏幕了。这些奇怪的人物，打着抗日的旗号，干着神才能做出来的惊天伟业。电视台的收视率有了保证，这类戏在电视台播出一路绿灯，这就鼓励制作单位如法炮制，你强我更强，你雷我更雷。

除了神剧、雷剧之外，还有一类剧为狗血剧。不知何时，家长里短的戏成了收视率保障的主流，先是夫妻矛盾重重，吵来吵去，后来双方父母也加入进来，甚至小姑子、小叔子、同学、七姑八姨都加入到了家庭的矛盾大军。先是夫妻那点事，后来扩大成民族的一场混战，故事一开篇，便矛盾重重，随着故事的进展，主人公们已经人脑子打出狗脑子来了。一时间电视屏幕里乌烟瘴气，从头吵到尾，家庭中任何一件事都能构置出矛盾，从床上吵到床下，从法庭吵到国外，花样翻新，困惑不断，整个民族变成了一个窝里斗的战场，锅碗瓢盆、汽车楼房都成为矛盾的对象。不吵不热闹，不闹不吵收视率上不去，于是所有家庭戏都要争来吵去。

许多演员拍完一部戏，手捂胸口说了一句："妈呀，累死我了！"然后订一张去国外某岛的机票度假去了。这些演员说：再不度假都快被剧情憋闷死了,不死也得癌症了。拍戏的演员是这种心情,看戏的人呢?

任何一个观众,都有窥视欲望,讲述别人家长里短,吵来闹去,显示出自己的同情之心,也感受到了自己生活的优越感,这也成了部分观众爱看这些戏的原因。

放大的家庭矛盾,毫无理由的争执争吵,让人们的内心积累了太多的难受和难忍,美好和希望已经远离了我们的生活。洪洞县里没好人。

不知何时,文艺作品的引领作用已经远离了我们。各家电视台的结果是收视率,购片的目的就是为了收视率,收视率成了市场的导向。为了收视率,制片投资公司昧着良心投入雷剧、神剧、狗血剧的制作洪流之中,一时间狼烟四起,真假莫辨。

连续几年,我们很难看到一部抒发情怀,讲述民族精神的真正有力量的好戏了。有人戏说:我们那么能杀鬼子,抗日为何又用了十几年时间? 如果是真实的,我们的民族为什么又出了那么多汉奸? 抗战戏一时间成了活人演的游戏,主角永远神力无边,法力超强。鬼子永远是玩偶、道具、呆头鹅,让人砍来杀去,没有前因和后果,没有历史背景,更没有人物,有的只是比比皆是的狗血情节。

造成目前的结果,由谁来负责? 不是这些戏的出品方,而是我们的播出平台。是播出购戏导向出了差错,欲望保障了收视

67

率,流失的是人们的信仰和价值观。

电视台要生存,如何生存?电视台是国家的,每年政府的投入也不是一笔小数目,电视台创收本身并没有错,如果放弃了底线去创收,为了让职工们的腰包金满银满,让一些腐败领导把电视台当成自己敛财的大树而丧失了底线,这个责任又该由谁来负?

社会在发展,文艺战线更需要发展。文艺是引领我们民族前进的旗帜,旗帜倒下了,或偏离了正确的前进方向,我们前行的目标和方向又在哪里?

许多人热衷于美剧和好莱坞的戏,我们细看这些剧,展示的都是强大的美国精神。这种强大,让国民有一种安全感和自豪感。再看我们所谓的为市场炮制出的一些戏,压抑、丑恶,没有底线,争来斗去就是为了眼前的一点蝇头小利,鼠目寸光,胸无大志。

当美国同行把目光瞄准了外太空,设想了第五空间的大宇宙思维之后,我们的同行还在挖空心思地炮制着我们的人性恶,让亲人之间互相撕咬,为点遗产,为了杯水之间的家庭琐事喋喋不休。看美国同行的创作观和人性观,我们应该感到悲哀和脸红。

希望我们的同行们,放弃眼前的蝇头小利,把情怀装在心间,让我们的作品从大处着眼,希望和未来并存,把人世间美好的情愫,根植于我们的笔下,让人性之大美竞相开放!

制片人们

顾名思义,是管理制片的人,在剧组里是责任和压力最大,也是权力最大的人。

一个称职的制片人,无疑应该是对整个影视行业有着清醒认识的,他能准确判断、取舍一部影视作品题材;对投资的数额有着合理的预算,也就是说要懂市场,懂剧本和制作流程,甚至对一部完成片的销售、收回投入款项,也应该熟门熟路。好的制片人,不仅对业务要精通,甚至需要有良好的社会关系,一部片子从选题策划,一直到制作完成、销售,看似简单的一条龙体系,但毕竟一部片子的完成,属于社会的一部分,没有良好的社会关系,也很难做好一个制片人。

称职的制片人是在这圈里摸爬滚打锤炼出来的人,经验与悟性,社会关系和个人干事的风格,都会影响着制片人的成功。中国社会关系有多复杂,制片人的工作就有多深奥。

最近几年,影视圈里流进来一批热钱,许多圈外的人,眼见影视圈里热闹红火异常,天天和靓男美女在一起,觉得此处风光无限。有许多行外的人干得不如意,或者抱着玩一玩的态度,转身来到影视圈。这些人对影视圈只是道听途说,并没有清醒的认识,以为自己有钱,就可以在影视圈风光一回,于是不尊重市场规律,甚至不尊重制作规律。因为刚进入行内,投拍的剧本和以往的业绩,无法得到行业人士的认可,但凭着财大气粗,超出以往业界人员收入的倍数投入,吸引着演员和专业人士的进入。在演员队伍中,钱无疑是有吸引力的,长此以往,演员的价格被这些不懂行规的人忽悠上去了,一些演员觉得自己理应值这个身价了,演员队伍酬金的虚高因此也就诞生了,这就弄得行业队伍怨声一片。许多有潜质的演员因为这些虚高的价格,接了一些烂戏,从此演艺才华被湮灭了,从声名鹊起变成了石沉大海,几年之后,已是无人问津。

这些不入流的制片方带着热钱进入,热热闹闹地忽悠了几年,也看似花红柳绿了一阵子,因为背离了影视圈的规律,他们最终还是偃旗息鼓,又退了出去。退出一批,又进来一拨,前赴后继地投进影视圈成为搅局者。一时间,良莠不齐、鱼龙混杂的现象充斥着影视圈。许多雷剧、神剧、狗血剧大都出自这些制片方之手,他们觉得拿到了影视圈的通行证,如法炮制,垃圾泛滥,搅扰得影视圈一时乌烟瘴气。

大浪淘沙,几经沉浮,这些带着热钱挺进影视圈的人,大都铩羽而归,带着几丝哀叹和抱怨,也带着红尘美梦,转身黯然退场,有人也因此留下笑柄,其行迹甚至被圈内人编成段子流传。

因为搅局者众多,而且呈源源不断之势,这样一来,让坚守的制片人的工作变得举步维艰,正道变成了邪路,理想变成了泡沫。既定的规则和经验不管用了,搅局者的经验成了大道。有许多真正的制片人沉寂了,被淹没在一片吵吵嚷嚷的虚假泡沫之中。好片子越来越少,甚至传统意义上的好片子成了嫁不出去的姑娘。

这些年,"潜规则"一词一直在坊间流传,仿佛制片人所干的这项事业,一定会和某种欲望勾结起来。制片人拍部戏,似乎就是为"潜规则"几个男女演员。这种现象,也是一粒老鼠屎坏了一锅好汤。因为制片人的队伍良莠不齐,留在这个行业的目的也不一样,有的人的确也这么做过,甚至乐此不疲,这就导致了外人用有色眼镜看着圈里这些人。

净化一个行业,不仅需要时间,也不仅仅是市场就能调节的,进入任何一个行业应该设立门槛机制,不是把一个行业推到市场上去,适者生存就能够解决得了的。这个行业乱象需要政府管理部门出台净化标准,这就不仅仅是整部剧生产出来了,利用终端的审查制度就能解决得了的。应该从进入的源头、从业经历的认定开始下手,让那些伪制片方彻底在这个队伍里消失。

影视圈内的风气,就像一个大染缸,吸毒者、嫖娼者、献身者

71

屡见不鲜,这些浮出水面的只是冰山一角。是这个圈子的乱象害了这些人,功成名就者,仿佛不入乡随俗就不是名家大腕了。名家大腕一定要做出一些目空一切、匪夷所思的事情来才行。

也有功成名就的艺人"自毁长城";有些苦苦挣扎、希望早日成功的小演员,甘愿走进潜规则这种游戏之中。

我做了几年制片人,每部戏建组选演员时,都会遇到几个女演员暗送秋波或投怀送抱之事。

有一次,一下午见了十几个女演员之后,在离开剧组的路上,突然收到一条短信"石老师你好,不知晚上有没有时间,如果方便我想面见你一次,时间地点你定"。

这是含蓄的演员。有更直接者,一个电话打过来,先热情甜美地自报家门,然后道:"你要我怎样才肯用我,你直说吧。"

还有人提出请你吃饭,想拉近关系,在拉近关系时,再见风使舵。还有一些男演员和我谋了几次面,或者合作过,电话打来时先谈片酬,然后说:你只要给我多少片酬,我返你多少多少。当你拒绝了种种诱惑时,有时会收到这些演员的短信:和你合作咋这么多乱事呢!

许多人把正常的关系理解成你不食人间烟火,甚至认为你在装逼,不近人情是个怪人。这些小演员这么做,在一些时候他们肯定得逞了的,偶遇不吃这一套的人,他们肯定会把你当成异类。正道变沧桑。

作为有操守的制片人,不会为物质和欲望而工作,而应是为了一种精神,因为你热爱有情怀,才选择了这份职业,那就要为你所做的选择而坚守自己的底线。精神的快乐是永恒的,出卖自己的良心会受到天谴。内心的世界只能靠你自己去营建。愿我们的情怀像长城一样蜿蜒坚挺!

导演们

我一直认为，导演们的文学功力决定了其在这行业里到底能走多远。

在中国影视行业里，优秀的导演比优秀编剧还稀缺。浪迹于这个行业中的导演有很多，差不多扔一块板砖都能砸趴下俩导演，但优秀的导演却屈指可数。

自从我入这行以来，有幸和后来成为优秀导演的导演们合作过几回，当然在合作时，这些导演还称不上优秀，只是初露头角而已。那时，没出大名的导演还能潜下心来，一起帮助编剧一遍又一遍地聊本子，从人物框架到故事走向，发表着自己独特新颖的看法，觉得这些导演读过很多书，也研究过许多戏，对当下的影视剧市场也有自己的见解。后来片子拍成了，得到了观众认可，于是这些导演几经历练，摇身一变，成了著名的导演。一时间，洛阳纸贵，成了各剧组的首选，你争我夺，身价翻倍地疯涨。活儿多了,钱多了,功成名就的导演再也没有时间帮助编剧打磨剧本了。有了导演,有了演员,一部戏抢着赶着就开机了。刚著名起来的导演,还保留着一些创作心态,为一场戏、一个情节和演员们商量着、磨合着,有时为一场戏能停下几个小时做现场改造。把改剧本的程序放到了拍摄中,而不是开机前。不论如何,这样的戏因为还有导演的投入,拍出来效果也不错。

再后来,找这些导演拍戏的剧组更多了,大都是这些导演出名前的各种老关系,甚至有许多投资方还有恩于这些导演,推是推不掉的,于是只能两部戏同时跨着,今天到这个剧组扎一头,明天到那个剧组看一看,像许多串戏的演员。你争我夺之后,戏就是另外一个样子了,除了署名之外,拍成的戏已经和这些导演没有任何关系了。于是,挂着著名导演名字的戏纷纷折在市场中。

一个人成功不可怕,可怕的是成功之后无法把握自己,让自己成为一台疯狂敛财的机器,这台机器最后成为绞肉机,连同挣钱的人一同卷入,粉碎之后,连骨头都不吐。

这些著名起来的导演,在尚未成名时,保持着旺盛的创作心态,谈剧情,论人物,说市场,所有的心态都服务于这个行业,一旦功成名就之后,眼花缭乱的名利让他们迷失了自己。徒有其名之后,渐渐地又被后来者挤占了位子,红尘滚滚,大浪淘沙,绝不留情。影视圈不相信眼泪。

和这些导演打交道还算是愉快的,因为他们对剧本有看法,在文学上有建树,能为剧本的创作添砖加瓦,甚至锦上添花。人们都说干任何一件成功的事情都是项目为主,在影视圈里,剧本是王。

题材并不重要,这和作家们创作小说一样,任何题材都被人写过了,甚至写过无数遍了,关键是你如何去写别人写过的题材,写出属于你自己的与别人不同的角度和生命感受,这才是你这部作品的价值和意义。影视剧本也不例外,创作只有一个原则,那就是排他性,作品的个性就是独特性,是这个市场的生存法则。

导演如果不能参与创作,把自己当成一个普通观众来看待,肯定不会成为优秀导演。有更多的导演,不懂剧本创作,在讨论剧本时没有自己独特的想法,人云亦云,等着编剧喂自己,你写成什么样,我就拍成什么样,完全尊重原剧本。这些导演注定成不了优秀导演,他把一部戏的好坏成败完全寄托在编剧身上,沾编剧的光,即便偶有作品成功,那肯定也不是这些导演的功劳。他们只是参与者。

影视剧是在讲述故事,讲述人物的命运,在戏剧中完成对人物的塑造,编剧导演的功力直接影响着这部戏的成色和命运,恰恰混迹于这个圈子的导演,最缺的就是创造性的劳动。一些导演把这个圈子的规则运用得淋漓尽致,并不缺活干,因为总有一批又一批平庸的戏要开机,需要平庸的导演去填充位置,甚至在开机前,还没有完全领会剧本,似是而非地对各部门提出一些目的不明的要求。一部没有风格、没有想法的戏就一部接一部地诞生了。

这些导演，不是不努力，也不是不刻苦，是天资不够。圈里流行一句话："当你什么都不会时，就让你当导演。"当然这是一句玩笑话，但从另外一个角度看出导演行当里庸才蠢材太多了。任何行业都是混事者居多，导演队伍当然也不例外。

女怕嫁错郎，男怕入错行，没有天资，又谈不上刻苦努力的导演，总有一碗饭在等着他，因为有更多的平庸戏在等待着他们，混吃混喝之外，混一个导演身份，每天坐在监视器前演着导演的角色，嘿哈之间，心里却虚弱得很，虚虚地把导演了，踏实地把劳务挣了，偷笑着回家过小康生活去了。

亲爱的导演们，为了自己赖以生存的圈子，为了让自己能长久地吃好穿好生活好，且行且珍惜吧。

编剧们

在影视圈里,最默默无闻、最苦逼的行业,应该就是编剧了。

无闻是因为编剧永远在幕后,不论香臭观众永远不识,片头署名也淹没在众多的主创人员中间,有一些电视台为了压缩播出内容,留给广告更多时间,甚至在播出时,索性掐去片头片尾,想看到主创名单只能去网上百度了。

观众通常认为,一部戏的好是演员和导演的功劳,仿佛演员和导演成了讲故事的人。经常听观众议论,某某戏某某演员演得好,某某导演导得好,很少会听说是某某编剧写得好。大多数观众认为,一部戏的主创是导演和演员。

默默无闻也罢了,上天却让编剧如此苦,这就是行业的分工。大多时候,我们只看到一部戏拍摄时的花红柳绿,播出成功之后演员和导演的风光无限,很少有人了解幕后的编剧绞尽脑汁、夜夜失眠构思作品惨不忍睹的工作状态,有时一部戏要写几年,编剧把人生经验感悟融入一部作品中。十月怀胎一朝分娩,当孩子出生了,又被别人抱走了,编剧心里空了,粘连着编剧骨血的作品远离他们而去,他们的营养和价值都给予了自己的作品。为了创作下一部作品,他们要进行整备补充,不仅补充知识,更多的时候是对生活感悟的补充,对生活没有看法,就没有话题,没有创作冲动,就很难写出好作品。

看到自己的孩子,被人打扮得漂漂亮亮,长大成人,是编剧最快慰的事情。这种幸福感只有编剧才能体悟得到,因为他们经历的痛苦太过漫长了,不仅是肉体,更多的是精神。一部精心创作之作,让编剧筋疲力尽,心虚气短,面色苍白,掏空了生活,掏空了人生的感悟。更多时候,编剧更像一个被人遗弃的妇人,形单影孤,凄楚可怜。

这是认真搞原创的编剧状态,在圈内算是少数。更多混迹于圈内的编剧并没有这么苦,因为他们搞的不是原创,也就是说构思立意不用自己生发出来,而是依据制片方的想法进行炮制。制片方需要个类型故事,各种元素齐备,让这些编剧去写。类型剧总有参考的作品,先看国外同行们的作品,再看国内的,国内国外一整合,这里加个人物,那里顺手牵过一个桥段,一部戏就整合成形了,荤素搭配,有款有色,也算齐活。电视台需要,一切都在流程之中。

这些编剧短平快的创作,生意也会门庭若市,收入颇丰,最大的麻烦恐怕就是抄袭官司了。有些人知识产权意识并不强,评定抄袭的标准也不够严谨,即便打起官司,也是一笔糊涂账,因此,就助长了这些编剧大胆地去借鉴和摘抄的气焰,让这潭水更浑更浊。曾经,编剧界也流行一句顺口溜,说的是"你抄我来我抄他,谁抄好了谁发家"。

创作沦落到一个拼盘的组装,完全没有了自己的思想和建树,严格意义上来讲,不仅不能说是创作,甚至连个工匠都谈不上,充其量,只能称为一种攒故事的手艺人。如果一个编剧沦落如此,为了干一件事而干一件事,全没了创作的乐趣。可能最大的乐趣就在投资方把钱打到这些人卡上的那一刻了。

这是行业的悲哀。

和导演们一样,许多著名起来的编剧,在各种活应接不暇时,便只写大纲,编一个故事,拿到投资方的一纸合同后,便雇枪手进行下一步的创作,枪手毕竟是枪手,机械教条地把剧本完成,这就到了开机日期,甚至到开机日期时,编剧还不肯交稿,有时是剧本真的没能完工,更多的时候,是不肯先让投资方看到剧本庐山真面目,那样就会很麻烦,会让编剧改来改去。成名的编剧已经没有耐心和时间在一个剧本的创作上纠缠不休了,因为他手里又接了几个活,合同都签了,订金也拿了,交稿日期已经写得很清楚了。无奈之中的制片方,只能如期开机,戏的质量便可想而知。这样的戏投放于市场自然不会有好的效果。

乱象种种,注定让这个行业浮躁得虚火上升。观众一边骂一边看这些烂戏,在骂声中一部又一部烂戏在热闹中开机了。周而复始,成就了我们当下影视圈的一景。

我们羡慕美剧、英剧、韩剧的同时,忽略了一点,那就是人家是怎么创作一部戏的。外国同行们尊重自己的职业,我们也不能糟蹋自己的行业。

风景这边独好,是因为这边有爱风景的人。

演员们

亲爱的演员们,是影视圈里阵容最为强大、人数最多的一个群体。据不完全统计,专业院校毕业,仍以演员这个职业为生的人数高达数百万。老的还没有退去,新的一茬又扑面而来,生生不息,前赴后继。

这么多俊男靓女赴汤蹈火地投身于影视圈,这一切和这几十年来中国影视的发展密不可分。影视圈已经跨入造神造星的年代。青春期的男女体内装满荷尔蒙,他们哭着喊着想成为星一代,便不难理解了。名利的诱惑,还有让自己的人生光辉绚丽的梦想,这是许多年轻人的企望。

演员这个职业是台下受罪、台上显贵的一个职业。年年岁岁,这么多从业者,可光鲜亮丽者永远都是少数,几百万的从业队伍中,我们能数出来,叫上名字,且能记住尊容者,不过百八十位。艺人这个行业,就是千军万马在过独木桥。

任何人通往成功的阶梯都不会是一片坦途,因为影视圈名利的诱惑,青年男女成功的路径都是相似的,不成功各有各的失败教训。

一个演员成功,首先是机遇、天赋,然后还是机遇。这是当下影视圈流行的成功路径。其他任何职业都可以十年磨一剑,唯有演员这个职业不行,艺人们吃的是青春饭,过了这个村就没有这个店了。女演员出道的上限是三十岁,男演员是三十五岁,在这个年龄阶段出名,一切都有可能。许多老炮演员,不论成功还是落寞的,修改自己的年龄大有人在,70后出生的人,敢说自己是80后的新生代,为的就是多给自己留几年机会,抓住青春的尾巴再冲刺几年。

"潜规则"这个词,最早就是在影视圈里流传起来的。座位是身份地位的象征,人人都想在这个行业里找到自己的位子。把持座位者,利用手里的权力愿者上钩;没有座位的人,为了找到自己的座位,甘愿被潜,甚至想方设法投怀送抱。许多明星大佬,人前一套,背后一套,一面是这方大使,那方圣人,然后转过脸来,背对摄像机时,又展现出了人性恶的一面。影视圈不同于官场的唯一区别就是,艺人们没有政治地位,名利双收的大佬们,为了争得一席社会政治地位,便开始投身于政界,混个社会职务又成了他们新的理想。

成功的道路只有一条,历经风雨成大道。经历风雨的人们,只有自己知道这份甘苦和不易,在努力挣扎过程中,他们咬牙再咬牙,坚持了又坚持,终于踏上了大道,突然他们变脸,开始变本加厉地折磨这个圈子。每个剧组都会遇到耍大牌的人,大牌耍大牌,小牌耍小牌,因为他们终于出道了,要彰显自己的人性和存在感了,但他们成名路上经历了太多的苦难和磨砺,他们会把自己痛苦不堪的经历放大,因为他们一路过来,人性早已扭曲,此时功成名就,他们要变本加厉地报复这个圈子了。

剧组请来一些大牌,就是请来了神,供着伺候着,高兴了就拍,不高兴了转身就走,职业道德和良知丧失殆尽。这些变态的明星成了剧组的"瘟神",却又因为市场的需要,戏里又不能缺少。

这些"瘟神"长此以往就得罪了很多人,不仅同行,还有许多工作人员。这些"瘟神"每次出事,往往都是身边的人员向外界通风报信,被逮个现行。

吸毒、嫖娼、搞第三者,这些恶习,不是最近几年才有,这几年频繁曝光,是因为他们变本加厉,得罪了更多的人。不论哪个明星出事,拍手称快者居多,更多的原因是这些人本身口碑就极差,混到人人喊打的地步,那就必须出点事了。

影视圈艺人队伍如此混乱,除了这个高风险高投入产业外,艺人们的素质是个天然的障碍,这些演员的经历异曲同工,先是上各省市的艺校,在各种考前培训班里历练厮混,然后考入专业学院。他们有了从艺的学历却丢掉了文化的学历,没读过几本正经的书,许多常用字都认不全,大脑在文化的区域尚待开发,凭着情商闯天涯。没有智商的指引,情商再高也是无本之木。

不论出道的还是没出道的男女艺人们,最近几年开始流行整容。因为看多了韩国的俊男靓女,觉得姿色才是通向成功大门的一把必备钥匙,于是这群人投身于整容大军,大整小整,总要整整,仿佛自己不整,就会被这欲望的列车甩下站台。整来整去,鼻子挺了,肌肉僵死,笑不是笑,哭不是哭,人人都变成了匹诺曹。一片假面充斥着荧屏。低劣的整形,让本来还算耐看的一张脸,变成了地狱的面具。

成名的路上,他们挖空心思,各显神通,出卖了青春,又忍痛整容,还是没出名出道,于是又开始寻佛拜神。每每聚会经常听到,这些艺人去拜了哪座山哪座庙,求来了什么护身神器佩戴在身上,几年之后如何交好运,祖坟冒青烟。现实这条路走不通,便开始走神的路了。

神的路再走不通,便开始走婚姻之路,今天和这个好,明天和那个结婚;这个出轨,那个外遇,总之,挨打上吊都能上娱乐的头条,权当一次炒作了。正路无人问津,就希望邪路上火热,只要让自己的名字不断充斥在媒体上就是成功。一张又一张邪恶的脸,脸后隐藏着更为邪恶的灵魂,邪灵附体之人不是妖就是魔了。

当然,有许多老艺术家仍然恪守着做人演戏这个职业和操守,他们信奉戏比天大的道理。戏对这个职业来说,是严肃认真的,是他们的事业,是他们的生命。可这些老艺术家已经非主流了,他们的声音正微弱下去,甚至谈艺德、谈戏是一件很不光彩的事情,即便说了也没人爱听。于是他们只能沉默,没人关注,社会便把他们封杀在一角。

媒体需要吸引眼球,需要在热闹中生存,他们关注瓜田李下,为花边新闻推波助澜,让操守变得脆弱,让无耻有时变得理所当然。社会的风气让美沉寂。有些人的内心失去了美丑的标准,"底线"只是嘴里说的一个名词,那些人可以依据自己的需要划到任何一个位置。

娱乐让我们颠倒了世界的美丑,娱乐让我们在逍遥中失去了自我,娱乐让我们无法救赎,娱乐让娼妓变成了贞女……

影视圈的从业者变成了娱乐的工具,艺人们成了娱乐卖点,既然卖,就有了各种不入流不入道的需求,种种乱象便顺理成章了。

谁之过?是我们的精神世界出现了偏差,媒体打着市场经济的大旗,让真理变得一文不值。

我们呼号重建价值体系,也愿艺人们都成为人民功勋艺术家。为艺术献身光荣!

观众电影，电影观众

这几年来，随着文化市场的开放，电影的春天来了。若干年前很少有人问津的电影院一下子热闹起来，在节假日，甚至看一部电影也要排队买票了。电影票房每年以上百亿的速度在增长。这样的局面，让搞电影的人心花怒放，让投资影院的地产商喜形于色。电影市场的连年牛市，让许多商人投身到电影市场。

中国人富起来了，中国人需要精神产品，中国有十几亿人口，中国的电影市场没有理由不好。

然而，每年盘点电影市场，能挣钱的却是屈指可数，就那么几部。大部分票房，还是让更多的引进电影瓜分了。

有人开始研究中国挣钱的电影分成的类型：

粉丝电影占据了半壁江山，这些粉丝来自偶像小说，小说改成电影后，这些小说的粉丝自然变成了电影的粉丝。电影改编成功与否已经不重要了，是粉丝对曾经的偶像图书集体向电影致敬。同时致敬的还有大批演员粉丝,表演好坏也不重要,通过电影,粉丝和自己的偶像又有了一次神交。

另一种类型便是青春电影,这些电影带着年代感,是向青春的又一次致敬。青春永远是美好的,恋爱、工作、生活,已逝的不再回头的永远都是最珍贵的。我们的青春自然也不例外,匆匆又匆匆的时光,让我们感叹时间都去哪儿了。许多观众是为了自己的青春岁月走进电影院的。

再有一类就是喜剧影片了,喜剧加上现代生活元素,让观众焦灼、劳累的心情得以释放,桥段是否精妙已经不重要了,看的就是热闹,走出影院一切都成了浮云。

这些电影都是观众需要的电影,电影创作之初,已经设定了观众群。观众需要什么,电影人就绞尽脑汁创作什么。这是典型的观众电影。

同时还有一部分电影人在创作着另一种电影。他们依据艺术规律、文学规律,创作人情人性的电影,让真正喜欢电影和懂电影的人走进影院。我们把这类影片称为文艺片。然而近几年创作的文艺片大多票房惨淡,与同期的包含各种元素的商业片同台竞争,它的市场相形见绌也就不足为奇了。因为没有市场,排片场次也少得可怜,影院不会为这类电影做赔本生意。

于是有人开始呼吁建立文艺片院线。无论是投资电影的还是搞院线的,都已经市场化了,呼吁归呼吁,没人敢去冒这个险投资这样的院线。文艺片和探索电影便很少有人问津了。

有一位法国文化学者说过:想看一个国家的文化素质,只要走进电影院,看观众在看什么影片,就对这个国家的文化素质有所了解了。

显然,我们电影市场的所谓繁荣,并没能真正代表我们电影市场春天的来临。我们还有很长的路要走。

观众电影——这种投其所好的电影可以存在,但不是越多越好,更不是票房越高越好,如果有一天,我们富于探索精神的影片,能代表更多的大众的主流电影受到青睐时,我们电影的春天才真正来临了。

我们不仅需要观众电影,同时更需要电影观众。

让我们的观众学会看电影,每部片子结束时,片尾字幕出场时,我们不要急于离开座位,而是集体起立,向参加电影的每位工作人员集体致敬,等片尾播完,我们再离开座位,那时,我们才成为真正的懂电影、爱电影的观众。那时的我们,也会受到电影人的真正尊重。

我们共同期待那一天早日到来。

编剧生存之乱象丛生

编剧：一种职业

编剧和作家一样，都是干着码字的工作。虽然都是码字，但创作上两者有着本质的区别。

真正的作家，每一部作品的创作都是从心里流淌出来的欲望，为心灵写作，作家通过作品寻找这个世界的同类。对人生、对人性、对社会的思考，变成了文字，和相吸引的同类交流共鸣。一篇文章，一部作品，能有几千几万个真正的读者，作家于愿足矣。

编剧的故事拍成影视剧之后，面对的是数亿的受众群体。编剧承载的压力便可想而知了。

编剧对创作，根本没有自主的权力。制片方投资人代表的是市场,一部影视剧,几千万几个亿投资出去,要对市场负责,收回投资成本。去挣钱本身并没有什么错,可悲的是,投资方只想挣钱,却不懂创作,找来编剧,搭建挣钱的阶梯。编剧为投资方打工,一切自然得听投资方的,编剧签下"卖身契"之后,生杀大权都在投资方手里了。

搞影视行业的投资方,大都是有些文艺情结的老板,吃过猪肉,也看过猪跑,以前没养过猪,投资影视也要养一回猪。看到别人风生水起,叱咤风云,自己也想指点江山风光一回。

以一个观众和影视爱好者的心理,对编剧指手画脚,剧本应该这样或那样,某某作品的成功是因为这样或那样,编剧就借鉴了这样,也整合了那样。结果可想而知,所有的作品都在跟风,像一个模子里刻出来的一样。重复浪费着资源,相同的作品拍出来,观众看得作呕、大骂。这类题材暂且偃旗息鼓,又炮制下一类型去了。

每个成功的作家,都是因为深挖了自己熟知的生活,在自己"邮票"般大小的土壤里挖井取水。

编剧因为职业的不同,要不停地在自己并不熟知,更没有感情的土壤里去耕耘。今天写家长里短,明天写历史,后天又去写战争。就像媒人刚介绍个异性朋友,马上就让你去结婚。婚姻的结果便可想而知了。

编剧作为一种职业,没有自己独立思考的空间。要想市场,猜制片方投资人的想法,蹚着深浅不知的水找桥过河。

编剧完成的不是创作,编剧只是影视市场的一个工种。挣钱多少,只能看你对这个工种这种状态的适应程度和熟练技能的掌握情况。

就是这样一门职业,编剧的队伍仍在不断地壮大着。一切都是因为名利。目前市场上电视剧的顶尖编剧的价格在每集三四十万,一线编剧都在二十万以上。就是名不见经传的小编剧,只要写过一两部拍摄完成的作品,也会每集要上大几万,甚至十万以上。每集剧本字数大约在一万五千字。一部电视剧按四十集算下来,这种收入对任何人来说,都是无法抗拒的。

人为财死,鸟为食亡。这个道理亘古不变。

各种艺术类院校都开设了编剧专业,毕业后一批一茬的准编剧走向社会,都扎到这个圈子里,撸胳膊挽袖子想大显身手。有一些作家也改行尝试着当回编剧。做不了独立编剧就与别人合伙,无法合作,就当枪手。不论做什么,只要一头扎进这个圈子,能挣到钱就是目的。

名利的诱惑,让一批又一批有些文字情结的人,争先恐后地扎进了这个圈子。乌泱泱很是壮观热闹。

编剧的地位

作家队伍分三六九等,在编剧队伍中,这种现象更为常见。

对一线或顶级编剧的定义是这样的:有几部代表作品,圈内圈外一提大都知晓,且作品能以每年一部或两部生产,所创作拍成的剧目能在各大卫视播出者。这就是一线编剧或顶级编剧。

因为一线编剧的名望和经验,他会受到投资方不同程度的尊重。即便剧本写得令投资方不满意,投资方大都用委婉的词汇去表达。大牌编剧失去修改的耐心了,投资方大都也会结清尾款,雇一个个枪手去修修补补,将就对付着开机了。

因为编剧的江湖地位,投资方在投资充沛的情况下,总能从演员到制作搭一个不错的班子,吆喝着把戏拍完。因为阵容,还有在电视台熟门熟路的关系,完成片总能卖出一个不错的价格。这就是投资方迷信一线知名编剧的理由。

多年的媳妇熬成婆。这些编剧,有的年事已高,精力和体力都不足以支撑一部几十万字的作品了,于是枪手的职业便应运而生了。大编剧先写出大纲,剩下的活便交由枪手完成,大编剧再润色调整。一部打着大编剧幌子的作品就这么出炉了。

作品的好与坏,只能听天由命了。

一线编剧,凭着余威,总能支撑一段时间,这家公司不找,还有另外一家,总能骗吃骗喝,不愁合作者。

这是大编剧的状态,轮到小编剧就没那么好的运气了。

小编剧要替投资方完成这样或那样的命题作文。遇到懂行的、规矩的投资方,算是命好的。因为懂行,会少走些弯路,按照合同也能拿到钱款。但这是少数。

大多时候遇到的都是蹚着水找桥的投资方。今天心血来潮,拍着脑门依据市场火热成功的作品,炮制他的点子。编剧依据投资方的想法,点灯熬油,东拼西凑地终于完成了一部几十万字的剧本。制片方看罢剧本,对市场又有了新的理解,再拍一次脑门,让你按照新点子再修改剧本。改来改去,投资方自己都不知道要什么了。熬到最后,市场风向变了,项目只能下马。也许一年,也许两年过去了。小编剧在这过程中,只能拿到合约中的一部分报酬。依据合同,人家不给了,小编剧的作品打了水漂不说,预期的收入也化为乌有。

遇到这样的情景,编剧只能在心里大骂了。在一段时间里,他会像祥林嫂一样,喋喋不休地述说着自己遭受到的际遇。过了一阵,待他心境平复了,又有下一个活找上门来。依旧是听投资方聊题材说想法,再次充满幻想地签卖身契,热血沸腾地创作。十有八九,又落得竹篮打水一场空。为了生计,不管你受不受,都将承受这份职业带来的经历,这是圈子里流行的规矩。

遇到少数编剧要讨回公道,更多是为了讨回自己的收入,大张旗鼓地将之诉诸法庭。这样的官司大都不了了之。虽然这几年各地法院设立了知识产权庭,但对这种制片方与编剧的合同纠纷很难界定。什么是完成了甲方的意愿,不是用斤两能称出来的。因为编剧的合同就是一纸卖身契,所有的主动权和话语权都在制片方手里。编剧只是处于从属地位的小配角。合同的约定,让法院也无从断定,最后只能调解再调解,最好的结果是投资方再补点散碎银两。大多数会不了了之,耽误了时间、精力不说,还惹了一肚子气,排解不好,还会增加癌变的概率。

不论是大编剧、小编剧,在名利熏心的影视圈只是一枚小小的棋子。

许多电视台为了在黄金档多播放广告,把电视剧的片头片尾压缩成十几秒钟的片花。播放个片名,打出一串对广告有利的演员名字,片尾甚至连出品公司的名字都没有,更别说编剧的名字了。

受尽了投资方的种种刁难,苦心费力终于写完一部作品,终于盼了播出,在电视上却连自己的名字都看不到,编剧成了真正的"潜伏者"。观众、媒体也通常认为,一部戏的好是演员和导演的功劳。经常听人议论,某某演员演得好,某某大导演导得好,很少有人说到编剧。

一部戏人物的成功,故事讲得精彩,如果没有编剧在塑造人物上的独具匠心,故事讲述得丝丝入扣、入情入理,演员和导演即便有通天的本领,也无法完成故事叙述和人物塑造。

有许多豪华阵容的演员队伍和名头响亮的导演加盟的戏,播放前宣传得热火朝天,吊足了观众胃口,结果却骂声一片。至于播了一半被电视台停播的所谓大戏,不在少数。究其原因,是剧本没有完成塑造人物和讲好故事的功能。这种失败是注定的。

一线编剧,顶多每集二三十万的酬劳,而一线演员的价位,六七十万一集算是便宜的。好说话的,在拍摄期间,需住五星酒店,房车加六七位助理服侍,高兴了按每天八小时出工;不高兴了,装病去城内喝酒唱歌去了。

这还没完,在编剧署名上,还会遭到苛待。某些投资方或制片人,在后期完成时,会把自己的名字挂到编剧的署名中。挂在真正编剧后面,是对你客气,更有甚者,干脆挂到编剧的前面。当编剧讨要说法时,这些署名者振振有词:我对剧本的创作是有功劳的,某某情节、某某点子就是我出的。这些制作者把自己的职务行为当成了编剧创作。

编剧牛呀马呀地年复一年地劳累着,受尽了各种不公平的待遇还不算完。分享劳动成果时,更登不上大雅之堂。每年知名的电视颁奖庆典上,各种最佳演员、导演不用说了,就连美术、摄影的奖项都设立了,编剧奖项却寥寥无几。即便有也是放在不起眼的环节,匆匆上台又匆匆下去,编剧在台上多待一秒钟,似乎都被认为是浪费时间。

编剧种种

三六九等的编剧对创作感受也是各不相同的。

原创编剧,依据自己对生活的感受,有感而发,创作作品,如同养护自己的孩子,十月怀胎,终于完成了作品,卖给了投资方,有了剧本,便开始找导演,找演员。投资方对作品的理解和原创编剧比起来自然会肤浅得很,但找什么样的导演和演员他们却是一言九鼎。许多时候,他们是指鹿为马、张冠李戴,他们享受着这样的权力。最后的结果是,在二度创作上,他们曲解了作品中的人物,不但没有锦上添花,反而让一流的人物沦为末流。编剧是没有权力选角的。有许多编剧依据自己剧中人物,向制片方推荐候选演员和导演,制片方觉得编剧是画蛇添足,根本不会考虑编剧的意见和感受。

编剧只能眼睁睁地看着一切发生,只能期待自己的作品有一个好的结果。制片方花红柳绿地把编剧的作品打扮了,拍摄完成了,低三下四、点头哈腰地把作品卖给电视台,播出的结果只能听天由命了。有时受制于收视率的限制,还得去暗箱操作,购买收视率。当然,这是另外一个话题了。

在这个圈子里,更多的编剧做不了原创,只能听投资方吆喝。"生男生女"得看投资方的需求。为了完成投资方的意愿,就按行规套路来炮制。这里借鉴一个人物关系,那里抄个桥段,一堆有关书籍摆放在案前,这儿摘一段,那儿摘一章,七荤八素,东拼西凑,剧本的要素应有尽有,唯一缺少的是剧本原创的文学生命。

这几年,随着知识产权的普及,作家和编剧保护知识产权的意识在增强,围绕剧本抄袭风波一起接一起。最著名的就是台湾作家编剧琼瑶女士告大陆编剧于正的案件。经过漫长的审理等待,琼瑶女士终于赢得了胜利,保护了自己的知识产权,维护了自己的尊严。

抄袭在码字的行业里自古至今从没断过,这几年在编剧业此行为愈演愈烈。究其原因,是影视圈名利的诱惑,自己的创作又江郎才尽,只能去走抄袭这条捷径。

当下的影视市场完全变成了快餐、娱乐市场,原创剧本越来越少,网络上的各种 IP 案子被炒到了天价。依据一个概念在创作剧本,有话题、没人物、没故事的影视剧层出不穷。

有些观众,早就不看国产影视剧了,转而去看美剧、英剧。韩剧在中国观众心目中也依旧红火,而且长盛不衰。

风景这边独好

美剧、英剧的成功,最重要的一条是他们的播出平台。

美剧、英剧是按季生产，每季两三集。他们是有偿收视。效果好了，就推出下一季，有些经典剧目，可以拍上十几年、几十年。

公平的市场，让从业的编剧和制作者不能有半点松懈，他们在创作和制作上精益求精，对收视观众的责任就是对自己的压力，他们把观众真正当成上帝。

美、英等国，把尊重知识产权放在了首位，他们有各行业工会，有事工会可以解决。前几年好莱坞的编剧因待遇问题集体罢工，最终问题得以妥善解决，编剧的劳动，得到了应有的尊重。

反观我们的编剧队伍，都是一个人在战斗，遇到不公平待遇，被抄袭了，只能发出一个人微弱的喊声。最后被淹没在不公平的洪流之中。自己安慰自己，长了教训。下次再签合同时，依然如此。

我们的近邻韩国的影视剧已经成了真正的有竞争力的文化产业，他们成功的重要因素就是对知识产权的保护，对编剧的尊重。

在韩国，一部戏，编剧的地位是至高无上的，编剧有决定导演和演员的话语权，戏完全是编剧说了算，制片方只负责生产流程。

最懂一部戏的自然是编剧，从一部作品的构思到完成，修改到最后定稿，剧中每个人物、每个桥段，在编剧的心里已经演过千回万回了，只有编剧才最懂戏里的人物。让编剧决定一部戏的主创再合适不过了。

当我们看韩剧,被细致入微的细节打动的时候,为演员的表演叫绝的时候,其实这些成功,都有一双编剧的慧眼在注视着。

任何一个行业,只有尊重知识才会得到长足的进步和发展,影视这个行业,自然也不例外。

中国内地影视产业要想得到长足的进步和发展,需要做的是:鼓励原创,整肃鱼龙混杂的编剧队伍,把那些靠攒故事和抄袭来滥竽充数的假编剧清理出去,还中国影视一个清白。

发展影视文化,不能简单靠市场去调节。影视文化属于精神产品,要科学地管理,规范地引领,只有这样才能抢占文化的制高点,影视剧市场才能健康地发展。

当然,限制影视发展的弊端还有许多。不破不立,只有下决心打碎了,才能重新来过。我们不缺少人才和文化,缺少的是理念和真正懂行的管理队伍。

美剧、英剧、韩剧,风景为何这边独好,因为人家有懂风景、爱风景的人。

辑四 世象

为人民服务

"为人民服务",这句话对 80 后、90 后的孩子肯定是陌生的。对我们 60 后来说,却是一段鲜活的记忆。

这句话是毛主席提出来的,是他老人家一篇文章的题目,讲述一个叫张思德的八路军战士烧炭的故事。后来这句话成了毛主席语录,在那个年代,便世人皆知了。出生于 20 世纪五六十年代的人,就是在"为人民服务"这句话的指引下成长起来的。

我清晰地记得,"为人民服务"这五个字,被制作成了一枚枚精美的胸章,红底金字,四边也是金色的。就是这枚小小的胸章,成了我们当年的时尚,许多中小学学生,甚至政府的工作人员,都为佩戴这枚胸章而感到自豪。

许多女生,在衣着色彩单调的年月里,因佩戴一枚这样的胸章,再佩戴一条红色的纱巾让人感到耳目一新,她们是那样的俏丽、生动、活泼。男孩子也因为有了这枚胸章,而让旁人感受到其成熟稳健。

这枚胸章,不仅仅是成长中男生女生的装饰,让他们的思想和行为也受到了影响。记得有一次放学的路上,一位老人突然在马路上摔倒了,一群学生奔跑过去,没有一丝半点的犹豫。有的在察看老人的病情;有人提议马上人工呼吸,真有学生俯下身,跪在老人面前,一口又一口地往老人嘴里吹气;另外一些学生,手拉手站成了一圈,把老人围在当中。圈外的学生有的去拦车,有的飞奔着去附近电话亭打医院的急救电话。

后来这位老人得救了,家人为了感谢我们这些学生,做了面锦旗送到我们班里,锦旗上就写着这五个字:"为人民服务"。

后来许多学生写作文,都不约而同地写到了这件事,作文的题目不约而同地都叫"为人民服务"。

因为这些学生都是当事者,他们都写得情真意切。语文老师在讲评作文时,花了足足一节课的时间来读这些学生发自内心写的作文,老师读得严肃庄重,学生们听得自豪真切。

为人民服务的观念在我们 20 世纪 60 年代出生的这拨人中,可以说是深入骨髓和血液。当年有一首儿歌《一分钱》,歌词是:"我在马路边捡到一分钱,把它交到警察叔叔手里边……"这也是为人民服务的一种方式。我们这些学生,几乎每天都有人捡到东西,校园内外,更多的时候见不到警察,我们就将这些拾到的东西交到老师手里,一块橡皮、一支铅笔、一条红领巾、一个胸章,也有钱包……这些东西汇集到老师手里，隔一阵就让学生们去认领，许多学习用具，自然是学生们遗落的，有的被认领走了，有的没人认领。老师就把没人认领的这些铅笔、橡皮等交给学校，由学校再发给那些家庭贫困的学生。

我们走在街上，经常会看到一些骑三轮车送货的叔叔、大爷，上坡时吃力地蹬车，汗珠子落在地上摔成了八瓣儿，只要我们看到这样的场景，肯定会义无反顾地冲过去，帮助叔叔、大爷把车推上坡坎。叔叔、大爷还没来得及说声谢谢，我们小小的身影已经一溜烟地消失得无影无踪了。

那时做好事不留名成为一种时尚，因为有个叫雷锋的战士，是我们学习的榜样。有歌有电影有漫画书讲的都是雷锋的故事，雷锋是我们这代人的偶像。我们每天每时每刻都按照雷锋做人做事的标准要求着自己；把能成为雷锋那样的人，当成自己做人的目标。

后来人们都忙着奔"小康"，学习雷锋和为人民服务的事就不常被人提起了；偶有提起，会被人认为傻帽、落伍了。就在这时美国西点军校的学员们，专门开设了研究雷锋的课程。因为雷锋是中国军人，一度成为全社会的偶像。美国军人研究雷锋，不仅是研究这个人，更是研究中国的一代人。

那时，机关、学校、单位的门前都会竖一块水泥做的影壁墙，墙上书写着五个大字："为人民服务"。这一座又一座影壁墙成为单位的一种招牌和象征。后来,因为扩建和改造,影壁墙消失了,"为人民服务"这五个字也消失了。

这几年,我经常拍摄以 20 世纪六七十年代为背景的电视剧,涉及当年一些典型的景致,但常常为找不到这样的场景而发愁,偶有一些还没来得及拆迁的部队或机关大院,还留有这样的景致,但也因年久失修,"为人民服务"这五个字已变得模糊不清了。

一切都会成为历史,这是自然规律,但有一种精神不应该成为历史,它应该永垂不朽,比如,为人民服务!如果我们都能做到真正地为人民服务,任何人都是被服务的对象,受益的将是我们整个社会。

从英雄到平民

　　在和平年代生活久了,平淡庸常的生活中,人们的心底更渴望英雄出世。然而,在我们现实生活中,却鲜见英雄。当下的社会中,对英雄的梦想尤为珍奇。于是,在我们当下的文学式影视作品中,战争题材的作品,仍在热度不减地持续着。据统计,每年电视台播放的军事题材的作品,连续十几年,一直占据三甲的行列。即便故事算不上新颖,题材也没有创新,但这些作品,不论是描写的大人物还是小人物,他们身上的特质,无一例外地都具有英雄的元素。看来人们对英雄的崇拜和敬仰是永恒而持久的。

　　本人从儿时的阅读习惯开始,中国的四大名著,只有《红楼梦》不喜欢,到现在也谈不上喜欢。从开始喜欢读的,到最后的阅读兴趣,无一例外,都和英雄主义沾亲带故,包括后来读到的波兰作家显克微支的《十字军骑士》等著名作品;包括对作家的喜好,读过那么多作家的作品,到现在仍然比较推崇海明威、杰克·伦敦这样作家的作品。这两位作家的作品，虽然没有正面描写英雄，但他们书写了一个又一个普通人面对生活的态度，他们的坚韧，以及对待生活的态度，每部作品都在打动着我们。作家让读者在关注作品中人物命运的同时，精神上有了一种深深的震撼。这种震撼，让我们吸取到了一种生命的力量。

对英雄的诠释，我想不应该是单指战场上的流血牺牲。平常生活中的忍耐、操守，我想都可以从广义上成为英雄。英雄的诞生绝不会是偶然的，有时成为英雄必须具备许多条件，比如，价值观的取向，以及性情的磨砺、心理素质等因素，在某一个特定的环境中，英雄就这样诞生了。

自己在写作过程中，军事题材的作品占据了70%多，在这些作品中，很多作品，都在书写着英雄。从《激情燃烧的岁月》《军歌嘹亮》《军礼》到《锄奸》《男人的天堂》，英雄的特质是相同的，但英雄的经历各有各的不同。

我们这个时代需要英雄，这个民族更需要英雄。作为一个作家，要具有社会责任感，书写主流意识，给这个民族带来一抹希望和亮色。一个没有图腾的民族是悲哀的，肯定也是没有前途的。呼唤英雄，不仅在危难的时候，在平常的生活中，哪怕一件微小的事件，只要我们能做到与众不同，也是一种英雄。有时成为英雄不需要条件。

也许我们这个时代，更需要的是一种平民英雄。只有这样，我们的社会才会越来越健康、越来越坚强，一个团结坚强的民族，才显示出伟大来。

从凡人凡事做起，让我们把对英雄的崇拜，化入平凡的生活中，让我们每个人都成为时代的英雄。

拍案:奇、惊、神

我们每天都在听各种各样的故事,人人都会讲故事,可什么是好故事,每个人心里都有一个标准。虽然标准不同,但好故事的尺子只有一把。

究竟什么是好故事呢? 笔者以为,好故事一定要具备三要素。

奇

故事的奇,就是题材,题材的好与坏注定了故事的成色。就像我们选房子的地段。地段不一样,价格自然也就千差万别。

题材注定了故事的含金量。什么样的题材是好题材呢? 从街头说书人开始,故事已经讲了上千年。诗经《风》《雅》《颂》讲的也是故事,是用诗歌的形式表现,到我们上古时期的神话,无不

110

是在讲故事。几千年下来，什么样的题材和故事都被古人和今人说遍了，不再可能有不被讲过的题材。但重复的都是那几类永恒的题材：爱情、友情、亲情、生与死、分离聚散……

也就是说，最能牵动人感情的题材会博得人们关注，讲起来也会耐听。于是每当讲述一个故事时，选择题材便成了讲故事的人最费思量的一件事。

惊

惊，就是故事的曲折性。

平铺直叙、不咸不淡的故事没人爱听。出新出彩、峰回路转的故事才会引人入胜。如何让故事包袱不断，却又出人意料、情理之中，这就是逻辑问题。特定环境下的特定人物，环境会让人物在特定环境中展现特殊的魅力。一件事情的发生，又突然横生出枝杈，故事一波为及格，二波为良，三波为优，四波为大优。

合理的想象，符合特定情境下的人物命运，反转再反转。曲径通幽，别有洞天，又见溪流再见江河。这是好故事的境界。每则故事在拷问讲故事者的耐心和智慧。

神

神,神者,形象也。

无论讲什么故事都离不开故事的主人公。主人公的形象、气质、神韵便是这故事的核了。故事的优与劣、贵与贱,取决于人物的定位传神。

人物的灵与肉呼之欲出,顺着人物的性情去发展、腾挪,此故事为上品。

故事为神,人为符号,男女猫狗皆可,主人公为道具,这故事为下品。

二者居中为次品。

神乃魂也。

魂不在,命已绝。

奇、惊、神具备的故事,定是上品。

英雄年代

生于 20 世纪五六十年代的人,是在英雄故事陪伴下成长起来的。

杨靖宇、赵尚志、秋瑾、刘胡兰、董存瑞、黄继光……甚至许多年以后,我们仍念念不忘的雷锋。这些英雄是我们这代人人生信仰的坐标,是时代的偶像。热血呼唤激情,我们有幸成长在有英雄、有梦想的年代里。

这是那个年代文艺作品留给我们的精神食粮。这些英雄的事迹,感染了一代人的理想和抱负,许多初入社会的学生,就是抱着成为英雄的梦想走入社会、走入军营的。在他们人生的履历中,虽然没个个成为英雄,但英雄成了他们人生的坐标,他们用热血和青春为之努力奋斗过,无怨无悔。

任何一个国家和民族,英雄都是他们的图腾。从古希腊神话到我们上古时期流传于民间的故事,无一例外,民族英雄都成了故事的主角。英雄的核心标志,就是超出我们常人的那部分人,他们流血流汗乃至牺牲,都是为了拯救大众,让我们感叹欷歔,并为之振奋。

我们渴望被正义的火把点燃,燃起熊熊之火点燃整个世界。

当今世界,很多人的成长经历都离不开读书,读书让我们获取认知世界的知识,同时寻找到精神安慰剂。书便成了我们生命中重要的一部分。从小到大读什么样的书,便成了我们人生定位的一次选择。一生中能读到几本好书,成了我们生活中的幸事。有时一本书就能改变我们的一生。

我们小时候,不仅爱看英雄故事,更爱看战争片。《地雷战》《地道战》《南征北战》《平原枪声》成为我们百看不厌的经典影片,甚至电影没开演,我们都能背诵出里面的许多经典台词。但电影每次放映,里面的故事和人物还是深深地吸引着我们。战斗场面里的硝烟战火,还有嘹亮昂扬的军号之声,让我们一次又一次群情激奋,甚至每个汗毛都会竖立起来,归根结底是英雄的力量让我们满血复活。

我们向往那个英雄辈出的年代,在那个年代影响熏陶之下,当一名军人成了我们人生最大的理想。当有一天,我们如愿穿上军装走进军营时,才发现世界早已经和平了,甚至国家的周边局部战争都不曾发生了。

和平时期的军营是寂寞的,忍而不发,练而不打。英雄的梦想只能马放南山。这是许多怀有英雄情结人的集体失落。英雄是为战争而生的一批人，没有了战争，英雄便没了用武之地。

在我创作"父亲系列小说"时，就是怀着这样对英雄的遗憾而完成它们的，后来小说被改编成电视连续剧《激情燃烧的岁月》《军歌嘹亮》等作品之后，观众在石光荣、高大山这些人物身上找到了共鸣，曾经战场上的英雄在和平年代，他们的生活态度成了一个热议话题。在这种共鸣中，我对英雄又有了更进一步的理解和认识。英雄，不仅仅是在战斗中那一瞬间的舍生忘死、超凡脱俗的行为才被称为英雄的。衡量英雄还有一把重要标尺，那就是精神气质。他们对待生活的态度同样具有吸引力，也就是他们练就的人格魅力，这种力量放到我们日常生活中，同样会感染我们，吸引着我们。

文学即人学，任何文学样式其实都在书写着我们的人生。当我们想探究人生和人性时，文学便诞生了。作家的笔下，给出了人生的一种可能性。

凡是经典的作品我们阅读多年后，留存在我们脑海里的不是故事，而是人物。甚至我们都忘了作品的名字，但我们记住了主人公的名字，这就是文学的力量。

军旅文学价值观的中心，当然是英雄主义，没有英雄主义的军旅文学，不能称为军旅文学。没有战争硝烟洗礼的军旅文学如何吸引受众，这个问题成为我们一代又一代作家困惑的根源。这种困惑来源于对英雄的理解和认识,和平时期的军人,我们可以抛开战争背景,在和平的底色下书写军人的精神和品格。

军人的职业有别于社会其他任何行业,因为军队的特殊性,造就了一代又一代成为职业军人的人。这就是军旅文学和社会文学的不同之处。

网络文学的兴起,颠覆了传统写作模式,但网络文学发展这么多年,并没有留下经典作品,究其原因,是网络写手们过于追求故事的传奇性、可看性,而放弃了对人物的刻画和塑造。读者记不住人物,似曾相识的传奇故事很难打动人。

随着网络文学的兴起,一批影视作品也应运而生,故事一部比一部传奇,不讲究背景的真实性,更不讲究人物发展的逻辑性,更多时候则像是一部又一部电视游戏,传统文学的严肃性被瓦解颠覆,留给我们的只是娱乐。

文学的意义不仅只有娱乐,如果失去社会意义,这样的作品不会有任何存在的意义和价值。

作家被称为"人类灵魂的工程师",如果一个作家的作品炮制的都是娱乐元素,那么和游戏的 IP 制造者也没有任何区别了。

文学艺术一直以来就是社会文化产业的一部分,它带动甚至引领着影视业的发展。

目前影视界和娱乐界在热炒 IP 这个话题。IP 是种子,什么样的种子发什么样的芽,这是千古不变的道理。文学就是这个行业里最大的 IP。然后影视娱乐界的这种游戏法则，又在影响文学的创作，让我们的文学向下走，去迎合市场，媚于世俗。文学的力量在娱乐的诱导下，在市场中越陷越深。

一个国家和民族的发展，不仅仅是经济指标的提升，还需要我们民族百折不挠、越挫越勇的精神。如果我们没有这样的精神，又何谈建设与发展经济？人类在创造这个世界，精神是人类前行发展的目标和方向。我们可以一无所有，唯有精神不能缺失。

建构我们精神世界的文艺作品，更不能缺少脊梁。无论战争年代还是在和平的当下，我们都需要英雄的精神。

英雄辈出的民族是强大的，英雄的年代是繁荣的。我们渴望英雄的精神一次又一次点燃我们。

寻找英雄

军旅文学发展到当下，已处于历史的低谷时期。环顾最近几年的军旅文学创作，能够代表军旅文学这杆旗帜的作品几乎没有。相反，一些打着军旅文学和影视作品幌子的作品，却在市场上大肆泛滥，大有成灾之势。

以网络为代表的所谓军旅文学，为了吸引眼球、求新猎奇，作品没有主题，没有人物，更没有符合逻辑的情节。把战争当游戏来写，把军人做成神话人物，不接地气，不尊重历史。

影视作品更是离奇百怪，手撕鬼子、手榴弹炸飞机、裤裆藏雷，也是屡见不鲜。作品创作到这种地步，已和军旅文学及影视毫不沾边了，完全是一场杜撰的游戏。剧中人要么就是神仙，要么就是疯子。

这些作品的炮制者，大言不惭地说：因为市场需要，读者和观众需要。出品方追求经济效益，本身并没有错，可我们的良知和道义责任又去了哪里？

文学艺术,它是人们的精神食粮,应该崇高美好。它肩负着引领大众精神世界的责任。如果文学不能承载道义就失去了其功能。我们当下的文学和影视作品,恰恰反其道而行之,不去追求崇高,相反去迎合谄媚市场。把市场需要当成炮制低俗作品的理由,忘记了责任和担当。在这一过程中,我们的出版单位和电视网络平台,为了迎合市场,让这种三无作品走进银屏,起到了推波助澜的作用。把效益放在了首位,把市场作为一切行为的理由,恰恰放弃了文学艺术应该坚守的原则。

没有经济的支撑我们国家和民族就不能得到发展,但文学艺术首要追求的是责任和义务,责任和义务要大于经济效益。这是文学艺术独特的属性所决定的。

十几年前曾影响军旅文学和影视创作的作品,例如,《激情燃烧的岁月》中的"石光荣",《亮剑》中的"李云龙",《历史的天空》中的"姜大牙"。这些军人形象曾被人们津津乐道。军人敢于亮剑的精神,依然感染着我们。这种贯通我们血脉的英雄主义是多少物质利益也无法衡量的。

可惜的是,如果把这些作品放在当下,出版社、电视台甚至很难出版和播出。他们的理由是"这类作品写得不狗血、不热闹、不神话"。市场颠覆了我们的创作。

当下的出版和影视市场,一些人把娱乐至死的精神放大到了至尊地位,什么文以载道、责任义务统统抛于脑后。他们看到的是眼下的既得利益,儿孙的成长、民族脊梁的建筑与己无关。

军旅文学核心的审美价值观是英雄主义,中国的四大名著其中有三部作品都是以成功地塑造了英雄才流传于世的。人们崇尚英雄的情结永远都在。人们会因为英雄而热血澎湃、泪流满面,从古代到近代再到我们当下,无不如此。

即便是在和平时期的当下,在突发事件中,人们多么希望有一个人像英雄一样从人群里站立出来,发出一声呐喊,以正义的名义带领民众向暴力和邪恶大吼一声:不。民族需要这样的英雄领袖。试想,二十几年前,几十年前,我们的社会以英雄而自豪的年代里,怎能容下暴徒和恐怖分子如入无人之境地滥杀无辜?

虽然我们心里异常渴望英雄,但英雄已渐渐远离我们而去。人们把谈论英雄当成了一件令人不齿的事情,一副事不关己、过好自己小日子的心态。

英雄之所以被称为英雄,就是我们常人在关键时刻无法站出来的时候,有个人能站立起来,用自己的鲜血和生命捍卫公平和正义。

英雄的养成和塑造与贫富没有关系,那是骨血形成的。这种骨血的建构是我们在精神世界才能够完成的。影响我们精神世界的,就是我们的文学艺术作品。

军旅文学艺术工作者,应责无旁贷地担当起这份责任和道义。如果一个艺术家心中没有英雄,在我们的笔端又如何塑造出英雄?正确的价值观、艺术观在指导着我们的创作。我们的心中不仅装着名利,更多的还应该装着我们的责任和使命。

一个艺术家在艺术的道路上能够走多远,就看他的情怀有多大。作品是艺术家的生命力和价值的体现,逆流而上,也许在某一时刻并不被认可,但是只要你坚持正确的方向,先从改变自我做起,渐渐影响更多的人,作品的真实价值就能得以完美呈现。艺术家最基本的良知就是不随波逐流。如果一味地去迎合某种人的心态或者迎合市场,那么你将沦为艺人、手艺人,和艺术家毫不相关。

许多军旅作家、艺术家,最大的困惑在于不知如何书写英雄,该写的早被人写过了,恨自己生不逢时。这是所有作家所困惑和纠结的所在,每个年代的作家都会有这种困惑。作家的存在价值在于个体的生命体验,世上所有题材和类型的人物都被前人或同辈同行写过了,自己不知如何下笔,甚至找不到自己的领地。文学作品之所以存在,就是不同时期的作家,有了个体的不同生命感受,才使得作品鲜活亮丽。

我们每位作家在现实生活中,许多生活感受都是相同的,甚至是相通的,但肯定有一部分是属于自己和别人不相同的部分,只要作家把这部分展现出来,这就是你的价值和存在的意义。作家的意义不是找到相同点,而是寻找那一个不同点。

我们对英雄的概念认识是相同的,但我们心中的英雄作为个体的那个人,我们的认知肯定会有不同之处,于是你创作的英雄和我描述的英雄就会有变化差异。

军人作为一个特殊群体,首先是由一群又一群普通人构成的,之所以说特殊,是因为军人所从事的事业有别于常人。作为军旅作家,首先要热爱这支部队,情感、骨血要和这个集体紧密相连,只有如此,我们才能饱含深情地进行创作。就如同书写我们的父母、兄弟姐妹。他们的喜怒哀乐就是我们心中的阴晴雨雪。同时,我们还要有一个能装纳国家和民族的心怀,不要一味地抱怨指责。国家、民族由我们的祖先和现在的我们每个个体所组成,当我们不满甚至骂娘时,其实都是对我们自己的不满和发泄。想改变这一切,我们每个人都有责任。

书写温暖、光明和希望是作家永恒的主题,军旅文学对英雄的礼赞是军旅作家写不尽的话题,让我们笔下的人物多份真情、崇高和美好,给这个世界多留一份希望,这才是我们作家的真正使命和义务。老兵不死,英雄不倒,这才是军旅文学的核心价值。

通俗时代

20 世纪八九十年代,文坛上有了通俗文学这个称谓。何谓通俗文学?笔者认为是文学的"三无"作品——无思想,无人物,无语言。这样的"三无"作品,盛行了十几年,甚至二十余年,随着网络文学的兴起,通俗文学这一称谓渐渐失去了市场。甚至很少有人再用通俗文学这个称谓了,而改成网络文学。更年轻的一些写手,与各种网站签约,以每天几千字的速度更新自己的故事,来博得网友的点击阅读。据说,网络写手们虽然辛苦,收入却不菲。

看来,不论是通俗文学还是网络文学,都是因为市场的价值而存在。毕竟有着浩大的消费群体,市场决定了存在。在年度作家富豪榜的名单中,传统作家的名字很难觅得芳踪,各种以网名形式存在的写手,占据着显赫的位置。

写手们渐渐取代了阅读市场,传统作家渐渐淡出了写作的舞台。文学刊物发行量的萎缩和写作者的青黄不接,明显可以看出,纯文学市场的份额越来越少。不知道生于 20 世纪 50、60、70 年代的作家封笔之后,中国文学的出路将走向何方。

我们再看影视市场。20 世纪 80 年代,著名导演张艺谋先生曾有句名言:"文学驮着影视走。"那个时代,文学成了影视的风向标。的确,因为改编自文学作品,影视工作者创作出了一批经典的影视作品。

随着文学市场的演变,影视市场也发生了突变。影视市场的通俗化更为突出,影视作品中的"三无"作品遍地皆是。

文学市场通俗是为了多销挣钱,影视作品通俗化是为了收视率。有了收视率,就有了巨额的广告费,同样是为了挣钱,金钱让我们从文学到影视一路通俗下去、娱乐下去。

影视剧中的狗血故事,毫无逻辑的人物性格,泛时代的台词,让我们看到了乱象丛生。

文化媒体平台一直是我们社会文化现象的风向标,我们观念的形成,到审美价值观的建立,文化意识都在潜移默化地影响着我们一代又一代人。

从老子、庄子到墨子、孔子,古人的文化至今仍然在影响着我们这个民族,从先秦文化,到唐诗宋词,都是古人留给我们的文化瑰宝。然而到了我们这个时代,我们能留给后人的又是什么?

我们这个时代,无疑会成为一段历史的空白,被历史跳跃过去。然而,谁又来续写中国文化?

具有几千年文化的民族，被一个崇尚吸金的时代，就这么通俗化了，被历史翻篇了。这个时代过后，我们的后人，如果还能续写中国历史文化的辉煌，只能从唐宋或者大清开始，这才是我们这代人或几代人的悲哀。

只有历史没有文化的时代，是不会被历史记住的，我们了解先祖的历史首先是从文化开始的。文化让历史灿烂辉煌，被后人崇拜折服。从文化中汲取血脉的营养，变成民族的脊梁和精神财富。

我们这个时代的通俗，最后终究让我们一无所有。日出日落，季节更迭，江河山川依旧，我们正在成为历史。时代的文化符号被省略。通俗的时代让我们悲凉、无奈。物质的贫穷让我们恐惧，文化的空白更让我们悲哀。通俗时代，通俗的代价。

辑五 地理·人文

美国札记

美国人的枪

美国人拥有枪支的法案历史悠久,早在哥伦布发现美洲新大陆,大批移民进入这块土地时,与土著印第安人经常发生冲突,那会儿人人手里都有枪。后来国家建立,地广人稀,不仅有印第安人袭扰,各种凶猛的动物也不计其数。因此,人民拥有枪支的权利便保存至今。

枪是把双刃剑,在保护自己的同时,也给自身带来了危险。

在美国持枪,并不是可以随便拥有。枪店摆放着琳琅满目的各式枪支,光手枪的样式就有十几种,还有各式各样的步枪、冲锋枪。在美国要想拥有持枪的权利,首先要有持枪证,持枪证是考取的,考试的内容包括持枪的各种规定。其中有一条就是,持枪人若携带枪支出门,枪、弹要求是分离的。比方开车,枪放在身上,子弹要放在包里,这是防止路怒族拔枪便射。有了这种规定,避免了许多激情犯罪。据不完全统计,在美国每年因枪支犯罪造成的死亡人数,从数十人到上百人不等。

枪支问题成了美国当前犯罪的公害,连续两任总统提出了控枪法案,最后都不了了之。究其原因,还是美国人民需要枪。

美国是世界上的移民大国,有许多人来到美国并不是通过合法的手段,这些人就成了美国社会的不稳定因素。在美国,时常有不法分子打家劫舍的事情发生。

前一阵子,有两条视频在华人微信圈里传播。这两条视频都与枪有关。第一段视频是发生在华人朋友的家中,几个朋友去打猎,回来晚了就住在朋友家里,枪便交叉着立在一楼客厅的中央。夜半时分,有三个人撬开了一楼的房门,在屋内摸索,他们摸到了枪,不是一支而是多支,立马不淡定了。画面中看到几个劫匪小心翼翼地从原路退了回去。

另外一段视频发生在白天,住在山脚下的一户人家,门前来了两名劫匪,他们手持刀具,欲撬房门,突然房门开了,主人举着一支短枪出现了。其中一个劫匪掉头就跑,被一枪击中倒在门口的角落里,另一人见势不妙,立马趴在持枪者的脚下。直到警察来把两名劫匪带走。后来听说,这家的主人被警局评为英雄,还发了奖金。

枪对美国人的重要性、合法性不言而喻。

前一阵子,周立波在美国持枪的事件闹得沸沸扬扬,其中争论的焦点之一就是,周立波是否有持枪证。有持枪证便是合法的。

枪在美国人日常生活中和冰箱、BBQ(户外烧烤)一样重要,是他们生活的一部分。

我有个朋友,在美国已经生活十几年了,我去他家参观,他特意打开两个保险柜,我看到了几支枪,高一些的保险柜里放着两支长枪,矮一些的保险柜里放着两把短枪。他经常带着枪去靶场,也去山林里打猎。在朋友的生活中,枪是一件消遣的工具。朋友痴迷于枪,有朋友到家来,他总是带人参观他的枪。

在我国,众所周知,持枪是违法的,别说真枪,就是高压气枪这种具有伤害性的武器也是严控的。在我国每年死于各种凶杀案件中的人数,我想也会上百了。我在百度查过,答案是警察都说不清的一个数字。

试想,如果中国法律允许拥有枪支,那结果会是何种境况。

国情不同,法律自然不同,人民的生存状态自然也不相同。

武器可以杀人,但也能带来和平。

土狼

在美国,各种小动物很多,有松鼠、野兔,还有狼。

美国的狼被当地人称为土狼,是本地的意思吧。我刚到美国时,住在山下,听说过土狼,但没见过。后来搬到山上居住,邻居说这里有土狼,便特意留意起来。没多久,早晨起床后,站在院子里,见院外的空地上果然有个动物站在那儿张望。通身土黄色,中型狗大小。我想,这就是传说中的土狼吧。

土狼不怕人,离它很近了,它只望着你,眼神是那种漫不经心、司空见惯的模样。站一会儿,回转身子优雅地向前走去,远处是片草地,再往前走便是另一座山了。

土狼经常在晚上出没,它是在寻找吃食,只有离人越近找到吃食的机会越大。每当有土狼出现时,狗便吠声一片,此起彼伏。我起初有些担心甚至紧张,久了,便成了常态,隔三岔五的,土狼就在这一带出没。

有两次,晚上下山开车送朋友,在回来时看到了土狼。它不紧不慢地在路旁走着,车靠近时,它回过头,眼睛在车灯的照耀下呈现出异样的颜色。

土狼很少伤人,听说过它们伤害过小孩和狗,在美国因居住得分散,几乎家家户户都要养狗,为的是看家护院和寂寞时的陪伴。土狼伤人和咬狗一定是饿坏了。土狼主要的猎物是野兔,在美国野兔很多,七八月份是野兔的繁殖期,野兔出来觅食,漫山遍野地跑。

各种小动物虽多,但没有人去伤害它们,包括土狼。虽偶有伤人和伤狗的事件发生,它们仍和人和平共处着。

去年春天,一天的早晨,我又看见一只土狼卧在不远处的草地上,显得无精打采。自家的狗隔着栅栏冲那只土狼叫嚣着,我制止了狗,在不远处望着那只土狼。这只土狼似乎病了,瘦弱不堪的样子。我挥手赶它走,它不动,求救似的望着我。

下午,仍看见那只土狼卧在那里,一脸无精打采,身上的毛发也失去了光泽。我想这只狼一定是病了,走不动了,只能卧在那里了。我回屋,找了两片平时狗生病吃的药,又割下拳头大小的一块肉,把药片夹在肉里,狗生病需要喂药就是这种办法。把肉和药投给了那只土狼。

它看我一眼,先是戒备的眼神,渐渐放松下来,探出头把那块肉叼住,并不急于吃,而是含在嘴里。此时,狗又凑过来冲它嚣叫,我把狗赶走,看到土狼把肉吃掉,才放心离开。

翌日早晨,又去察看那只土狼,昨天卧着的地方已经空空如也。土狼走了。

隔了几日,我又见到了那只土狼,记住了它眉心处掉了一块毛,露出了灰色的皮肤。几日不见精神似乎好了许多,毛发也有了些光泽。

从那以后,那只被救过的土狼经常出现在院外,不远不近地看着。每当我走近,它的眼神里流露出友好的神色。我经常找几块即将过期的肉投给它。它却不马上吃,望着你,待你转身走了,它才不紧不慢地把肉衔在嘴里,优雅地离去。

秋天的时候,一早我看见院外的地上有只野兔死在那里,再抬头时,就看见了那只土狼,它不远不近地朝这面张望着。我心想,这野兔本该就是土狼的猎物美食,并没留意。但从那以后,经常发现院外的空地上有野兔、山鸡。每次发现这些时,都能看见那只土狼不远不近地朝这儿看着。我突然意识到,这些动物是它叼来的,它将之放在自己的视野所及之处,我突然心生感动,把土狼放到这儿的咬死的动物,又投向土狼。可第二天,发现这些动物仍留在原地,它又把它们叼了回来。心想,难道这是土狼来报恩?这么想过了,心里就异样起来。

从那以后,每次再看见那只土狼时,我总会把一块肉或骨头丢给它。也就是从那时起,家里的狗再也不冲土狼吠叫了。一狼一狗竟和平相处起来。隔着栅栏相互嗅着,很友好的样子。原来土狼叼来的那些猎物都让自家狗吃掉了。

那只土狼经常出现在自家院外,和狗友好地交流着,人近了,它也不走,友好亲切地望向人。心想,家里又多了条狗,灵性的狗。这样想过,心里陡然温暖起来。

狗

美国人在生活中把狗当成了朋友。

美国人的院子都比较大，适合养狗。狗首先是人类的朋友，另有看家护院的功能。

在美国养狗的人很多，但狗却不乱。许多公共场合都配有狗的大便袋，装在盒子里，放在显眼处。偶有带狗出来的人，发现狗大便，而没带便袋，便可以去取。因此，在公共场合，并没因狗多而影响了环境。

家养的狗大都经过初步训练，一般的指令狗都能听懂，也会遵守。在美国培训狗的学校有很多，养狗的人都会把狗送到狗学校培训上几日，养起来更得心应手。

在美国虽然狗多，却见不到流浪狗。最初养狗时，狗都会建立基本信息档案，发放一个狗的颈圈，上面有号码，查到号码便会得知狗的主人的家庭地址和电话。

狗偶有跑丢，总会有好心人把狗送到附近的宠物救援中心。宠物救援中心每个街区都会有，很普遍。

大部分美国人收养狗，都会去宠物救援中心认领。许多丢失的狗因主人搬家或电话改了，一时联系不上，便由救援中心负责转让给新主人。一般在救援中心收到狗七天后还没被原主人认领走,便开始转让。连续三周后仍没人认领,便对这些收养的宠物实施安乐死。也算是为这些宠物找到一条终极出路。

宠物救援中心是带有社会福利性质的机构。

我去过几次宠物救援中心,当然是为了认领一只狗。狗们被关在铁笼子里,每只狗一间,笼子里放着水盆,食物每天喂一次,早就吃光了,只剩下水盆。狗们很有灵性,每当有认领人出现时,它们趴在笼子的栏杆上,冲人兴奋地吠叫着,以引起人们的注意。它们巴望着被领走。它们身处此地,深知身处险境。每天都有被安乐死的同伴在它们眼皮子底下被带走,它们嗅到了死亡将至的气味。

它们对陌生人是这样,见到工作人员出现,立马安静下来,蜷缩在笼中的一角,惊惧地望着。去过宠物救援中心的人,都会被这种场面打动,难过而又忧伤。

也有主人来领遗失的狗,狗见到主人的一瞬间,疯狂亲热自不言说,有的狗还流下了眼泪。

曾有一个街区发生过这样一件事,有两只狗要被执行安乐死了,当工作人员把它们牵到执行死刑的房间时,两只狗竟抱在了一起,它们不仅抱在一起,还在不停地流泪,浑身颤抖着。对于每日都要执行宠物狗死刑的医生来说,这种场面也并不多见。他下不去手,看着两只抱在一起的狗,救援中心的医生终于决定收养这两只狗,它们得救了。这则故事一时被当地人传为佳话,报纸上也登了这则故事,还有照片。主人坐在草地上,两只狗一左一右地陪在主人身旁,那画面宁静而又幸福。

我在宠物救援中心领养的狗浑身白色,应该是秋田犬的串种,长得有几分像秋田也有几分像中华田园犬,也是基于这种原因,我一眼看上了它,取名贝尔。

贝尔是个精力旺盛的家伙,可能因为流浪过,腿上身上都有划伤,不多时日,伤便养好了,总是在院子里疯跑。每当我出门时,它总是眼巴巴地隔着门栏望着我远去,直到看不到了,它才回身走回去。

狗们对小动物异常感兴趣,自从有了贝尔之后,在院子里再也没有发现过地鼠或者其他的小动物,它们都被这家伙给赶走了。

有了狗便多了份责任,后来又一次搬家,因新家没有院子的围栏,为了贝尔专门请工人做了围栏,狗便有了更大的活动空间。因院子大,小动物多,贝尔便整日在院子里忙活,尽职尽责地保护着属于它的领地,把那些小动物追赶得鸡飞狗跳。

有一次回国,便请朋友去照料贝尔,朋友在遛狗的过程中,贝尔挣脱跑掉了。朋友一连找了几日,终不见其踪影。

我祈祷贝尔遇到好人把它送到救援中心。当我又一次回到美国时,报箱里收到一封救援中心的来信,信中说,贝尔已经被人领走了,心才稍安起来。又一次祈祷贝尔遇到一个好主人,对它精心,疼它爱它。

后来,朋友又送了我一只狗,是瑞典的白狼犬。它很聪明,样子也很厚道,对任何人都友好,经常咧着嘴冲人乐。它的憨态让人多了份怜爱,今年它已经五岁了,对狗的寿命来说,已过半百了。不论人和狗都终有天命。只有陪伴才是人和狗能感受到的。

教堂

美国人的教堂没有欧洲教堂那种气派。美国的教堂大都没有什么历史,一栋栋建筑和民房的建筑风格差不多,只是更宽敞些,安放在距居民区不远的地方,静静地卧在那里。

美国历史短,教堂兴建的历史也短,偶有上百年历史的教堂,大都也是具有美式建筑的特点。

美国是个移民国家,也是多宗教的国家,但还是信奉基督教和天主教人数最多。教堂也分很多种,有美国的,有韩国、日本、意大利、墨西哥、中国的,每个国家的人都有自己的教堂。每当周日上午,各种教堂里会传出操不同语言唱诗班的歌声。

在美国,周日是宁静的,许多人走进了教堂,祷告,忏悔,接受上帝的洗礼。教徒们也经常在教堂里聚餐,烤炉和食材都带来了,热热闹闹一群人。一边赞美上帝,一边品尝着鲜美的食物。

教会都是有传承的,许多孩子差不多就是在教会长大的,他们从小就耳濡目染,自然就信了宗教。每逢周末往往一家子人来到教会,孩子尚小时,会有专人照看。这种人被称为教会的义工,教徒们轮流做义工,气氛很融洽。

我居住的山脚下就有两座教堂,一座是韩国人的,另一座是墨西哥人的。每到周末,教堂停车场停满了车,人们走进教堂,便有赞美诗声响起。

宗教国家都很重视教堂的建设,往往教堂都比住宅修建得要好。许多教堂都是私人性质的,也有合伙人一起共同经营教堂。许多经营好的教堂,背后都有金主资助。没有金主的就通过宗教移民形式挣取一些外快,贴补教堂运转之用。

在教堂工作的人,工作满两年之后,都有移民的权利。宗教移民不像其他形式的移民有数额限制,许多教会利用这种方式帮助一些人移民。被移民的人要有关于宗教方面的学历,应运而生的,有许多宗教学校,这种学校门槛低,只要交些学费便可入学。学习满两年毕业后,就可以到教会参加工作。想移民,便向教会交上十几万、二十几万美金不等的费用,工作满两年后,由教会推荐到国土安全部等待审批。

美国的教会,靠教徒的奉献远远达不到自己的需求,只能通过这种办法维系着教会的运转。有的教会已经形成了产业链。专门做宗教移民的生意。

也有许多人,见这种方式是个发财之路,便找几个合伙人,一起买下一家教会,专门做起这种移民的生意。

教会多了,教徒就那些,于是各教会便使出浑身解数争夺来教会的人。有的教会请来了口才好的牧师,也有提供免费午餐外赠送一些礼物的方式,为自己的教会拉人。教会维持下去需要人气,有人气的教会才能进入良性循环。

争来拉去,让教会变得就不那么纯洁了,上帝在他们嘴里变成了一种由头,他们干着和上帝无关的事情。

许多教会规模做大了,开办了教会学校,从小学到高中。当然,世上没有免费的午餐,在这里上学是要交钱的,每年的学费上万到数万不等,这要看教会学校的规模大小而定。

即便这样,现在的教会也很难见到年轻人了,现在美国年轻人有了更多活法。也许他们心里依旧敬畏上帝,却不把去教堂当成唯一的表达信仰的途径了。

试想,再过二十年,美国还会有多少人走进教堂,这是个未知数。一件事物的兴起到衰落和时代息息相关。信仰也会随着社会的不断进步发生变化。因世界上有太多的未知事物,才使我们崇敬,随着未知变成已知,我们便不再迷信于某种事物。

秩序

在美国的大街上很少能看到警察,但不论车和行人都秩序井然。在路权上，人是至高无上的。不论在何地，只要发现前方有行人，或试图过马路的人，不管在什么情况下，机动车都要避让，礼让行人先行。确认行人行走到了安全地带，机动车才可通行。

在一些没有红绿灯的路口，都会有停止线，交会的车辆依据先到者先行。即便没有其他车辆，遇到停止线也要驻足，停满三秒后方可通行。

经常有在交通要道红绿灯坏了的现象，但行车秩序并不乱，仍依次行驶，每个路口驶过一排，另一个路口再行驶，交替着有条不紊地保持着路口的畅通。此时，并没有警察在现场指挥。

在国内经常遇到路灯坏掉这种情况，如果路口没有警察，肯定很多车会争相行驶，最后严严实实地把路口堵上，谁也走不成了。大家伙儿都盼着警察来，有警察在才有秩序。在国人的心里，秩序需要监督强迫才能有序。

初到美国时，行驶在路上很不适应，因为看不到警察，没有安全感。现在我们国家街上的警察也少了，几乎见不到了，那些密不透风的电子眼取代了警察的眼睛。

在美国不仅很难见到警察，电子眼也少得可怜，为了人权，美国很少在公共区域安放电子眼。在高速路上偶有个别路段设有电子监控设备，也有明确标识。即便拍到违章车辆，也只显示车身，车内的人是不允许拍摄的。

街上看不到警察，但警察又无处不在，街上偶有巡逻的警车通过,遇到违规行驶的车辆,警察又会适时地出现,让违规者落入法网。对违规车辆的处理,一般都是重罚,罚金从几百到几千美元不等。

有车祸发生时,场面总是很壮观,不仅警车会赶到现场,救护车、消防车、拖车,甚至直升机,全方位地面空中同时到达现场。

初次见到车祸场面以为是在抓逃犯,场面激烈空前,又热闹非凡。

在美国车辆保险很贵,这些车辆包括直升机同时抵达到现场,费用自然由保险公司承担。保险机制的健全,当然受益的是保险人。

排队是美国人日常生活中的一部分,医院、商店、超市、银行等地方都需要排队,队伍井然,绝不会发生插队的现象。排队人之间保持着合理的安全范围,结账者与排队者坚定地保持在一米线以外的距离。这不仅是礼貌的需要,也是隐私的需要。

我们国内也排队,但人挤人、人贴人的现象屡见不鲜,插队现象也层出不穷。前一段时间高铁上的霸座现象,一时成为民众热议的话题,这是对秩序的遵守没有约束感。

许多国人到了美国,很少见到在国内不尊重秩序的情况,被有序的环境同化了,自己也成了文明人。

不论什么社会都需要良性的秩序,秩序的建立,在于环境;环境的好坏,在于法律的约束。

有了秩序才会突显出公平的意义。没有公平的社会是无序的。

移民

美国是个移民国家,在美国可以看到世界各地的人,移民最多的地区是亚洲,因为亚洲发展中国家比较多,亚洲国家尤以印度和中国人数最多,毕竟中、印是亚洲两个超级大国,人口众多。

在加州还是墨西哥人最多,许多生存在加州的墨西哥人并没有取得身份,因边境相连,一抬腿就过来了。特朗普上台后,意在美国和墨西哥边境线上筑墙来减少墨西哥的非法移民,当然遭到了墨西哥的强烈反对。一堵墙阻止不了墨西哥人挺进美国的脚步,陆地不行,还有海路,没人能统计出墨西哥非法移民到美国的确切人数。在加州到处都能看到墨西哥人,他们做着最下等的工作,墨西哥人天生素质好,有力气,建筑工人、园丁等一切吃苦耐劳的人群都是墨西哥人。

墨西哥人为何对美国加州如此向往,不惜用非法的手段向这里移民? 早在 1846 年,美国人为了占领加州这块风水宝地,向墨西哥人发动了一场战争。因当时墨西哥政府内部的无能昏聩,并没有对美国进行有效的抵抗,墨西哥人自发地进行抵抗,自然以失败而告终。美国在 19 世纪便拥有了加州这片丰沃的领土。墨西哥人祖祖辈辈都把加州当成自己国家的领土,况且经过最近一二百年的发展,加州已变成了世界瞩目的富庶之地。引来墨西哥一批又一批合法和非法的移民。

这些非法的墨西哥移民,因受国内贫穷影响,从小到大没有受过什么良好的教育,非法越境后又不肯吃苦。这批人便成了加州的危险分子,偷盗抢劫者大都是墨西哥人。抓住一批,遣回国去,没几日,他们又一次越境,翻山越岭又一次来到了加州。但大部分墨西哥人还是遵纪守法的,在加州干着苦力,收获着自己的幸福。

墨西哥人不重视教育,甚至没条件教育子女,许多园丁的行业里,经常可以看到十四五岁的少年,随着自己的父亲和兄长干起了园丁的工作。

在移民美国的大军中,有一大批是打着政治避难的幌子落户美国的。其他移民方式每年都有定额,但政治避难是代价最小,也是成功概率最大的一种移民方式。

在我们国家,有一大批人滞留在美国,等待移民局批准自己的政治避难申请。他们找律师,给自己编造政治避难的理由。在美国每年发布的人权白皮书中,引用了许多这种政治避难者所编造出来的荒唐故事以此来指责全世界各国人权状况,我们国家也深受其害。

前不久,美国联邦调查局破获了一起移民造假案,逮捕了一批造假律师,牵出了一万多人。政治避难造假案,这些人都是中国人,美国政府扬言要遣返这批非法移民,若真要遣返,这又是横亘在中美之间的一场外交官司。

除了这些非法的用不正当的手段取得移民身份的中国人,其他通过合法渠道移民美国的中国人,在所有的移民中是最为遵纪守法的一批移民。

最近十几年来移民美国的中国人,大都受过良好的教育,一大批人都是通过投资的形式获得移民身份。中国人与生俱来的吃苦耐劳,这些中国移民正在成为美国的新阶层。

在国内,有许多人不理解这些移民的中国人,甚至有许多人生出了仇视的情绪,但从地球村的角度来说,这些人无非换个地方求生存,并无可厚非。他们在地球另外一个角落给人类创造财富,本身并无不妥,美国社会的资源也是世界的一部分。

邻居

几乎每天傍晚出门遛狗都能看见邻居家的张婆婆。

张婆婆差不多七十几岁的样子,头发花白了大半,一张知识分子的面孔,为人很热情,只要远远地看见我牵着狗过来,便迎上几步,礼貌地和我打招呼。更多的时候,我会停在她面前跟她聊两句。起初大部分话语都是围绕狗展开的,她夸我的狗漂亮、温柔,还会伸出手去摸我的狗。我的狗每次都很配合,半坐在她面前,微笑着让她抚摸,一副享受的样子。

渐渐熟了,她不仅限于聊狗了,而是打听我是来自中国哪里的,住在美国多久了,等等。我也了解到,张婆婆来自天津,以前是一家医院的医生,几年前被三儿子接到美国,后又申请了绿卡。我问她最多的一句话就是:在美国习惯吗?她不说习惯,也不说不习惯,只是笑笑再答:孩子是好心。我便也笑笑,牵着狗离去。

在我住的这片半山小区里,有几户人家长了东方面孔,却说不准是哪儿的人。在美国,人情世故比在国内还冷淡,大家似乎都对彼此怀着某种戒心,即便走过对面,也只是点头微笑而已。

张婆婆对我却是个例外,有时我遛了一圈狗回来,天已经擦黑了,她仍站在自家门前,向远处眺望着什么。天空中有一架又一架航班客机排队准备降落,不远处山下,已是灯火一片。张婆婆是在看风景吗?我和她又打了招呼,她应了,想说什么欲言又止的样子。走了很远,回头再望时,张婆婆仍然立在自家门前,凝望着什么。我想,张婆婆是孤独的。

因为张婆婆,我认识了她的儿子。儿子姓王,四十多岁的样子,他和我说了他的英文名字,但我没记住,只知道他姓王。儿子是搞IT的,每天很忙的样子,有时他开车回来,半路上碰到我,会摇下车窗打个招呼。也仅此而已。

最近这半年,张婆婆却很少立在家门前了,每天走到她家门前时,觉得心里空空荡荡的。不时引颈向她家院里张望,院内一如既往地安静。

偶有一天,突然又看见了张婆婆。半年没见了,张婆婆似乎憔悴了不少,头发也是乱的。我驻足在她面前,她看了我半晌,似乎认出了我,却说了句有头无尾的话:"你知道张集吗?"她这么问,我一时不知如何作答,只是问:"哪个张集?是在天津,还是在北京?"她却没有顺着我的话说,跳跃式地说:"刘记者长得好白,戴着眼镜,他调到军区去了。"张婆婆说这话时,目光是散乱的,望

147

着远方什么地方。头顶的天空又有几架民航客机缓慢地向机场方向飞过去。她似乎被天上的飞机吸引了，喃喃地："我就是坐飞机来的。"她的三儿子不知何时出现了，冲我礼貌地笑一笑，扶着张婆婆向自家院里走去。

我走出几步，听到身后的铁门被关上了。

我不知张婆婆出了什么问题，反正她和以前的张婆婆不一样了。

从那以后，我便很少见到张婆婆了。大约又过了几个月，天气已经热了。在又一次遛狗时，看见了张婆婆的儿子，他热情地迎上来，询问我何时回国。我说出了归期。他犹豫着想说点什么，又没说，然后点点头，走回自家院内。

我归期还剩下两天时，张婆婆儿子又一次见到了我，这次他下定决心地说："求你个事行吗？"我立住脚听他说。他这才又说："我妈要回国，和你订了一个航班，路上麻烦你照应下。出了机场，我二哥会来接。"

邻居又是同乡，这点要求我自然不会拒绝。我答应了。张婆婆儿子就很高兴，犯难地又说："我妈得了老年痴呆，让你费心了。"说完指指自己的头。我恍悟过来，原来张婆婆生了病，才会说出那些不着边际的话。

回国的航班上，时间漫长。张婆婆在上飞机那一刻，似乎变得很清醒了，她一遍遍地说："回国了，终于回国了。"她露出久违

148

欣慰的笑容。

飞机飞行了一阵子,她似乎又犯糊涂了。目光散乱地望着我说:"刘记者你不走好不好,我要嫁给你。"她脸上露出少女般的羞涩。少顷又说:"王团长不是我喜欢的人。"她目光继续散淡下去:"张集你负伤了,那是我第一次认识你……"十几个小时的飞行中,张婆婆一直说着张集,刘记者,王团长。老年痴呆症我了解一点,病人会记住从前,却忘了当下。

飞机在北京落地,在出站口如约见到了张婆婆的二儿子。他见到了安然无恙的母亲,对我千恩万谢,我们还互加了微信,他反复强调,约我去天津,要好好招待我。

不知为什么,总是担心张婆婆的病情,便不停地和她二儿子微信联系。二儿子告诉我,母亲住院了,就是母亲退休前曾经工作过的医院。从和她二儿子只言片语的微信中我了解到,张婆婆以前是名军医,参加过淮海战役。我问到了张集。二儿子说:张集是淮海战役中的一次战斗,母亲那会儿就在野战医院工作。二儿子还告诉我,他的父亲,那会儿是名团长,就是那次战役后,父亲娶了母亲。

二儿子的话,让我的思绪连成了线,张婆婆在张集的战斗中,遇见了刘记者,并爱上了他,却嫁给了她并不喜欢的王团长。故事听起来简单,却是隐藏在张婆婆内心中一辈子的遗憾。

张婆婆回国了,住进了自己曾经工作过的医院,这样我心安然了许多。再次回到美国,路过张婆婆三儿子家门前时,我经常会停下来,似乎张婆婆还立在那儿,满脸笑容地和我聊上几句。在我离开时,她会向远方的天空眺望,她的目光穿越了千里万里,又回到了张集,那里有她认识的刘记者、王团长,以及青春的记忆。

一年后吧,突然接到了张婆婆二儿子的微信。他告诉我,母亲去世了,和先行而去的父亲合葬在郊区的一片墓地里。他还发来了一张墓地的照片。墓碑上写着"张桂华之墓"。我这才知道,她叫张桂华。碑上镶了一张她年轻时的照片,我把手机屏幕放大,看到了她的眼睛,正渴望地望着远方。年轻貌美的张桂华在渴望什么呢?

北京向北

崇礼

北京向北,过了张家口,再向北行几十公里,在华北平原与内蒙古高原接壤地带,高原与平原相交会的地方,有一个塞北小城叫崇礼。山并不高,起伏着,绵延着,沟沟岔岔,曲曲弯弯,顺着山势,依山而立,便是这座小城崇礼的栖息地。

由河北省作协组织的"作家看河北"的活动,一辆中巴车,于初春的傍晚时分,静悄悄驶进了崇礼县城。

新建的小镇,只有一条街。街边林立着欧陆风情的建筑,恍若走进了欧洲某地。路灯清凉地燃着,像一朵雪花,清透明亮。街上整洁,车缓缓行驶,各色建筑,风姿独特地候在路旁,静静地,像一位位绅士,抑或一位位淑女。礼貌与贤淑结合在一起,让人感受到了另外一番风情的同时,告诉初来的每一位朋友,这就是崇礼小镇。

崇礼的雪季让这几年的崇礼声名大噪,独特的地理位置和气候,造就了这里天然的优势,距北京二百多公里,离张家口三十多公里。近些年,有许多投资方开始在崇礼投资,修建滑雪场。目前,全县已开通了滑雪场四家,按照国际标准修建,高、中、初级雪道八十多条,总长度七十余公里,各类索道魔毯二十多条。现在每个雪季接待游客一百多万人次,崇礼的滑雪场已举办国际、国内赛事几十余场,积累了很多办赛事的经验。

来这里的游客和滑雪爱好者,不仅有来自我国华北地区的,还有来自欧洲各国和美国的。我们一行来到崇礼时,虽然已经过了旺季,雪已开始慢慢融化,但滑雪场的停车场,还是停满了北京、天津及河北而来的各式车辆。

外国朋友大都是家庭在这里居住旅游,父母带着孩子,父亲在滑雪,孩子们在雪地上嬉戏打闹,亲近自然,感受自然。

雪场

雪场聚集的是欢乐和激情。

滑雪永远是勇敢者的游戏,速度与激情,惊险与挑战。男男女女,穿着各式各样的滑雪服,从高山的赛道上奔驰而下,让人不禁感受到了惊险。那种运动中的美,五颜六色的滑雪服融在白雪之中,像一个个斑斓的小点,点燃着希望和冲动,由远及近,带着风,带着勇敢者的恣意汪洋的欢迎,扑面而来,让人对美有了憧憬和羡慕。

运动永远是美的,生命在运动中延续,跃动是青春和力量的美。虽然我们并不会滑雪,但处在滑雪场,似乎自己的心和梦想也跟着滑雪爱好者在一起跃动,自己的每个细胞都艳羡起来,心里不禁感叹,青春真好,人类对美的追求和渴望是永恒的。

坐在二楼休息厅里,享受着阳光,看着人与自然,一时恍惚,竟不知自己身在何处:是童年的时光,还是青春的年代? 静静地惬意着,时光悄然在身边爬过,一晃三个多小时过去了,到我们离开雪场的时候,仿佛梦才醒来。

有时让思想开个小差,恣意一次,也是种体验。

天还是蓝的。

云顶

坐缆车上了云顶,才感受到云顶的天空真蓝,像儿时的家乡。久违的蓝天,久违的不含杂质的空气,人便醉了。

云顶是崇礼最高的山峰,海拔两千多米。站在云顶之巅,感受到温暖如春的阳光,在无遮无拦间细碎亲切地洒在身上,那份安恬和亲切,如同母亲的手,在抚摸着我们。

举目望去,崇礼的山山岭岭尽收眼底,目光所及之处,是那么透彻和清凉,没有污染的天空真好。

三月份的崇礼,雪快融尽了。可以想象,若是在冬季,白雪覆盖下的崇礼,该有多么素洁、纯净,银装素裹下的山山岭岭,自是别样风情、另样景致。

如是山花烂漫时,绿草绿树间,荡漾着花海,空气中弥漫着芬芳,妖娆的崇礼便会犹如妙龄女郎亭亭而立,陶然间入世入俗,将是又一番感受。

秋天的山岭,想必丛林尽染,白桦林与秋叶齐舞在秋风之中,阳光是透明洁净干燥的,景致是热烈如一团火样的,黄绿、红白、层层叠叠,美了目,净了心。

如画的崇礼,如诗的云顶。

小镇

崇礼开发的小镇,宣传用语上,一直在说这是东方的"达沃斯"。达沃斯是北欧风情的,但崇礼小镇是中国的,民风淳厚,中国式的热情。

酒店式公寓,五星饭店的模样,这是小镇的特色,现代与古典,恰到好处地融合在了一起。

早晨,独自一人出行,漫步在空寂的街上,阳光早已上路,尽情地铺洒着。心是宁静的,但有一辆车掠着晨风而过,是这个世界的声音,真实而又寥落。从喧哗到宁静,小镇是人们心灵的栖息之地。

告别小镇,告别了宁静和高贵,因为崇礼一行,时常会想念她,想念她的宁静和高贵。梦里也许还会和她重逢。

申奥

崇张联合申办冬奥会,这是中国人的又一次创举。

北京举办过夏季奥运会,它承办这种综合赛事的能力全世界是有目共睹的。北京承办冰上项目,崇礼承办雪上项目,北京向北二百多公里就是崇礼,有高速路连接,高铁即将通车,张家口的机场也已通航,交通不是个问题。接下来就是迎接奥委会的考察了,我相信北京和河北人民一起,软件、硬件一定能达到奥委会的要求。

冬奥会的项目,速度与美,伟大的奥林匹克旗帜如能再一次飘扬在中国,不仅是北京和张家口的胜利,也将是全中国人民的胜利。热盼冬奥早日在崇张完成奥林匹克的使命。让世人走进崇礼,认识崇礼。

北京向北是崇礼,你不会迷路。

将军与渠

白起,战国时期的名将,杰出的军事家。白起与廉颇、李牧、王翦并称为战国四大名将。

他的成长与商鞅变法分不开,变法后推出了军功爵制,士兵的地位与战功挂钩,这才使得平民出身的白起,顺应时势出现在历史的舞台上。

白起自参军后,屡立战功,受到了秦国丞相魏冉的举荐,从一个小小的左庶长成长为统兵一方的主将。秦昭襄王二十七年,白起率兵伐楚,楚军大败,把上庸、汉水以北的土地割让给秦国,以求和解。后秦又起兵征讨楚国,攻城略地。秦昭襄王二十九年,秦军穿插到楚军背后,大破楚军,焚烧了楚王的坟墓夷陵,向东进兵至竟陵,楚军被端了老巢。此举迫使楚顷襄王迁都到陈,聚集剩余人马约十万余,终因力不敌秦,不能与之抗衡。自此,楚国一蹶不振,直到被秦灭亡。

秦昭襄王三十四年，白起又率军攻打援韩的赵、魏联军，掳获韩、赵、魏三国大将，斩首十三万。随后又与赵将贾偃交战，水淹赵军士兵二万余人。

秦昭襄王四十三年，白起统兵攻打韩国陉城，斩首五万。

秦昭襄王四十七年，著名的长平之战爆发，廉颇老将军披挂上阵，秦国大将王龁攻韩，夺取上党，然后攻赵。廉颇知道秦军兵强马壮，求胜心切，在长平布置了三道防线以阻击秦军的攻势。秦军攻势锐不可当，赵军连战失利，遂放弃易攻难守的丹河西岸阵地，全军收缩至丹河以东，两军成对垒之势，战争持续了三年。

后因赵王急于求胜，想结束这场消耗战，用赵括替换了老迈的廉颇。赵国更换主将对抗秦军的同时，秦昭襄王也走马换将，秘派白起为上将军，奔赴前线领军作战。白起也想打破对峙三年而不胜的局面，派一支部队插入赵军背后，正面又佯装溃败，诱敌深入，再从四面八方出击，一举击溃赵军。四十万赵军投降。

面对投降的四十万赵军，白起担心这些降军反复无常，若释放，恐日后生变，生出灾乱，于是使诈，把赵降卒四十余万坑杀，只留下二百余年纪尚小的士兵回赵国报信。秦军先后斩杀和俘虏赵军共计四十五万余人，赵国上下为之震惊，元气大伤。后因赵国的平原君写信给其妻弟魏国的信陵君，才又有了"虎符救赵"的故事。赵国才得以幸存。

白起连连大捷，功高盖主。再次攻赵时，他与范雎意见相左，范雎主张立马攻赵，秦国的疆土北到燕国，东到齐国，南到韩魏。范雎担心白起如此大胜，白起也将封为三公。到那时，白起必将身处一人之下，万人之上。大臣范雎自然不想看到白起有这一天，于是出主意给秦昭襄王，让赵国割地求和。秦昭襄王同意了范雎的意见，错过了攻打赵国的最佳时机。

当年九月，白起生病。范雎又到秦昭襄王面前出主意，要他再次发兵攻打赵国，结果秦军连攻不下。当初再次攻打赵国时，白起并不同意，他认为，此时军心民心已不在秦国这一边了，出兵必将大败。他的话并没有被秦昭襄王接受。兵败后，秦王无计可施，才又想起白起。当时，白起病情尚未好转，几次抗命领兵灭赵。后秦昭襄王强令白起出征。白起出兵前曾留下怨言：当初秦王不听我计，结果如何？早知今日，又何必当初。

白起虽然受命，因身体病恙尚未痊愈，加之内心抗拒，并没有立即起程。范雎又找到秦昭襄王，禀报道："白起不服，并说长道短，否定秦王旨意。"

秦昭襄王大怒，下令白起自刎，以昭示天下。白起拿起秦王赐剑时，仰天长叹："我对上天有什么罪过，竟落得如此下场？"手里举起剑，他又想到，自从领兵之后，杀人无数，一场又一场的大捷，都是用双方士兵的生命换来的。长平一战，他就坑杀赵军四十余万人。想到这儿，他眼角流下两行清泪，感叹道："就凭这些无辜的死杀的将士，我就命里该死。"说完，他把长剑深深插入自己胸膛。时为秦昭襄王五十年十一月。一代名将就此了结了生命。

说到白起，不能不提白起渠，又名武镇百里长渠。这条渠是战国时期修建的军事水利工程，建设的时间比著名的都江堰水利工程还要早上二十三年。这条长渠西起湖北省南漳县谢家台，东至宜城市郑集镇赤湖村，蜿蜒49.25公里，号称"百里长渠"。白起渠被列为湖北省文物保护单位，2018年8月被确认为申报世界灌溉工程遗产。

白起将军，当初修沟造渠，想的不是造福一方。他率兵伐楚，逼近鄢城，久攻不下，于是他想起了以水破城的办法。公元前279年，白起下令，于距鄢城百里之遥的武安镇蛮河上垒石筑坝，开挖沟渠，以水代兵，引水破鄢。北魏《水经注》描述了这场残酷的战争："水溃城东北角，百姓随水流，死于城东者数十万……"

战后，水渠留下了，周围农民用此渠灌田。"战渠"由此变为灌渠。在后来的一千多年时间里，此渠几经兴废，从北宋时期到元朝，经过了几次大规模修整，至明代中期渐废。1939年，国民党三十三集团军总司令张自忠将军驻防宜城县，电请湖北省政府修复白起渠。1942年，长渠复修工程破土动工。施工跨时五年，终因局势动荡未能修成。新中国成立后的1949年10月，湖北省水利厅第一次水利工作会议，通过了修复长渠的决议，至1953年5月1日，长渠修复工程完工。

《大元一统志》记载"长渠起水门四十六,通旧陂四十有九",即指长渠灌区有四十九口堰塘与渠道相通,常年蓄水,忙时灌田。至今白起渠仍灌溉着宜城、南漳平原三十多万亩的良田。

白起渠留下了古代人智慧的结晶,分水而治。可惜的是,当年白起将军领兵造渠时,想的不是百姓灌田,而是破城之法。当时,淹死守军与百姓不计其数。

白起自刎之时,想起了那些死于无辜的生命,觉得自己罪该万死。他把长剑插于胸膛之时,一定不会想到,上千年后,以他名字命名的渠,至今还被人利用,当然不是为了攻城略地、水淹无辜的百姓。白起渠现在发挥着越来越大的作用,灌田,蓄水,预防洪涝灾害。

当人们驻足南漳县谢家台村白起渠的源头,看着分道而治的水为百姓所用时,自然会想起白起将军。关于他的声名、功绩,自然又有一番新的评说了。

南岳衡山

我国素有三山五岳之称,南岳衡山便是其中之一。南岳衡山的特点,祝融峰之高、藏经殿之秀、水帘洞之奇、方广寺之深,堪称南岳衡山的四绝。春天的花奇彩斗艳,夏天的云卷云舒,秋日的阳光斑斓,冬天的雪冷峻俏媚。湘江大地的山水孕育了南岳衡山独特的奇峰妙景。

而人呢,声音嘹亮却行事低调热情,衡山人的热情可以用火来形容,却兼容并蓄。

说起湖南人的杰出代表,曾国藩可称为代表之一。他创立了湘军,攻击太平天国,发起了洋务运动,同时也创立了散文湘乡派。

曾国藩带头发起的洋务运动,让晚清朝廷缓缓地打开了国门,让新生事物走进千疮百孔的晚清。

曾国藩的《治学论道之经》《持家教子之术》以及《曾国藩家

书》至今仍影响着后人。湘江大地而今盛产诗人,这与曾国藩先生对湘乡散文的推广是密不可分的。

然,衡阳大地的人民的刚烈和忠勇又和那场著名的衡阳保卫战是分不开的。这里的人民至今犹记那场事关中国生死的衡阳会战。历时四十四天的会战,国民党军队损失一万余将士,日军则损失近两万士兵。站在衡阳保卫战的烈士纪念碑前,仍然能感受到那场战役的惨烈和气壮山河的英勇。弹尽粮绝的中国军队,在方先觉将军的带领下,面对走近的日军仍然视死如归,他们发出了来世再见的号令。日军将领面对着一群残衣破帽的中方士兵和将领,举起了右手,向这些中国军人敬礼。虽在战场上势同水火,那却是军人之间特有的表示敬重的方式。

新中国的缔造者中,从湖南湘江大地走出的开国领袖和将领,湖南籍的为全国之首。除领袖毛泽东,还有许多杰出政治家、军事家——刘少奇、彭德怀、罗荣桓、贺龙、李立三、任弼时、李富春……数十上百的新中国革命者的先驱,他们的名字至今我们仍耳熟能详。

俗语称:一方水土养一方人。衡山的文化起始于宗教,道教与佛教共荣共存,环山的寺、庙、庵、观俯拾皆是。衡山的命名,战国时期《甘石星经》记载,因其位于星座二十八宿的轸星之翼,"变应玑衡""铨德钧物"犹如衡器,故名衡山。

衡山人杰地灵。山因人而名,人因山而杰。

衡山就像中国脊梁中的一节,承前启后地让中国的脊梁挺起。一个人和一个民族没有脊梁不行,没有坚挺的脊梁更不行,是脊梁支撑起了伟岸的身躯,是脊梁挺起了我们的头颅。

衡山不高,更称不上伟岸,但它却用坚挺韧性的力量挺起了春夏秋冬。寒霜酷暑,它承载的是千万年中华民族的文明,历经着屈辱和繁荣。无论何时,它都用脊梁坚挺着中华民族。

作家的书房

作家的书房是因为工作的需要，书房是作家灵魂栖息的地方，然而，在寸土寸金的都市，拥有一间书房却成了一件奢侈的壮举。

二十年前，在北京拥有了自己的第一套住房，两室一厅，无论如何安顿，也规划不出一间书房。无奈，只好把主卧的阳台稍加改造，变成了一间书房。三平方米左右的空间，一桌一椅，已占据了阳台的大半个空间。狭小一些也罢了，冬冷夏热的命运却无法改变，冬天冻手冻脚，夏天烈日暴晒，写完一部作品出门见人时，人家会说我像出去旅游刚刚回来，可见阳台的阳光堪比海晒浴。

写作本来就是件痛苦艰辛的工作，因为书房的简陋，身体和内心同时受到煎熬。当时还年轻，写作欲望强烈，全把这一切当成了苦其心志、劳其筋骨的历练。好在写作比拼的是智慧和毅力，而不是舒适和奢华。

书房上的阳台见证了我那几年创作的经历,每年一部长篇,几部中短篇,还有剧本的创作。阳台窗外的落雪和雨滴成了遥远又清晰的记忆,那时体力尚好,想象力充沛,并没因阳台上的书房而耽误半点创作。

几年后搬了一次家,拥有了一套三居室的房子,自然地就拿出一间做书房。房间仍然不大,却是一间完整的书房,有桌有椅有书架,窗台上还可以摆放几盆绿色的植物,一切都风调雨顺的样子。那会儿时常有电视媒体来采访,写作可以,接受采访就显得狭小了,支完灯光,摄像机却无处安放,只能把机器摆在客厅里拍书房中的我。我在书房内摆出写作状态或对着镜头答记者问,自己变成了演员,从最初的面对镜头不知所云到最后对答如流,状态好了还能妙语连珠。

那些日子,书房变成了我表演作家的梦工厂,谈创作谈人生,希望更多的人在电视上能看到自己,把自己的感悟和对人生的思考传达出去。那时最大的愿望是拥有一间更大的书房,便于采访者的拍摄。

又是几年后,我换成了四室的房子,为了让书房变大,两间改成了一间,书房果然大了,不仅有书桌书椅书柜,还可以摆放罗汉床,写作间隙可以小歇喝茶。

书房大了,采访的媒体却少了,有时坐在书桌前,会下意识地去看手机,似乎在期待媒体的来访。

人无千日好,花无百日红,媒体已不再关注一个作家时,心便回到了原有的位置。思考写作便成了日常。人都会有浮躁的时候,正如草木经历过的四季,作家最好的出处是把自己的思想和对人世的感悟放到文字里,与人共享。

人终极的快乐是思想,一日三餐、服饰衣着以及住房皆是附加的身外之物,是应景而生,而不是必需的。幸福指数的高低取决于灵魂的质量,而不是身外之物的多少。

坐在此时的书房里,时常想起曾经拥有过的阳台上的书房,看落雪飘雨的过往,怀念寒冷酷暑的日子,点点滴滴变成了一种美好的记忆。

人的胸怀不可能用斗室去丈量,作家的书房在心里而不是房间。

雁

　　人们先是看见那只孤雁在村头的上空盘旋,雁发出的叫声凄冷而又孤单。秋天了,正是大雁迁徙的季节,一排排一列列的雁阵,在高远清澈的天空中,鸣唱着向南方飞去。这样的雁阵已经在人们的头顶过了好一阵子,人们不解的是,为什么这只孤雁长久地不愿离去。

　　人们在孤雁盘旋的地方,先是发现了一群鹅,那群鹅迷惘地瞅着天空中的那只孤雁,接着人们在鹅群中看见了那只受伤的母雁。她的一只翅膀垂着,翅膀的根部在流血。她在受伤后,没有能力飞行了,于是落到了地面。她应和着那只孤雁的凄叫。在鹅群中,她是那么显眼,她的神态以及那身漂亮的羽毛使周围的鹅群黯然失色。她高昂着头,冲着天空中那只盘旋的孤雁哀鸣着。她的目光充满了绝望和恐惧。

　　天空中的雁阵一排排一列列缓缓向南方的天际飞,唯有那只孤雁在天空中盘旋着,久久不愿离去。

天色近晚了,那只孤独的雁留下最后一声哀鸣,犹豫着向南飞去。受伤的雁目送着那只孤雁远去,凄凄凉凉地叫了几声,最后垂下了那颗高贵美丽的头。

这群鹅是张家的,雁无处可去,只能夹在这群呆鹅中,她的心中装满了屈辱和哀伤。那只孤雁是她的丈夫,他们随着家族在飞往南方的途中,她中了猎人的枪弹。于是,她无力飞行了,落在了鹅群中。丈夫在一声声呼唤着她,她也在与丈夫呼应,她抖了几次翅膀,想重返雁阵的行列中,可每次都失败了。她只能目送丈夫孤单地离去。

张家白白捡了一只大雁,他们喜出望外。人们在张家的门里门外聚满了。大雁他们并不陌生,每年的春天和秋天,大雁就会排着队在他们头顶上飞过,然而这么近地打量着一只活着的大雁,他们还是第一次。

有人说:"养起来吧,瞧她多漂亮。"

又有人说:"是只母大雁,她下蛋一定比鹅蛋大。"

人们议论着,新奇而又兴奋。

张家的男人和女人已经商量过了,要把她留下来,当成鹅来养,让她下蛋。有多少人吃过大雁蛋呢?她下的蛋一定能卖个好价钱。

张家的男人和女人齐心协力,小心仔细地为她受伤的翅膀敷

168

了药,又喂了她几次鱼的内脏。后来又换了一次药,她的伤就好了。张家的男人和女人在她的伤好前,为了防止她再一次飞起来,剪掉了她翅膀上漂亮而又坚硬的羽毛。

肩伤不再疼痛的时候,她便开始试着飞行了。这个季节并不寒冷。如果能飞走的话,她完全可以找到自己的家族以及丈夫。她在鹅群中抖着翅膀,做出起飞的动作,刚刚飞出一段距离,便跌落下来。她悲伤地鸣叫着。

人们看到这一幕,都笑着说:"瞧,她要飞呢。"

她终于无法飞行了,只能裹挟在鹅群中去野地里寻找吃食,或接受主人的喂养。在鹅群中,她仰着头望着落雪的天空,心里是空前绝后的悲凉。她遥想着天空,梦想着南方,她不知道此时此刻同伴们在干什么。她思念自己的丈夫,耳畔依稀响起丈夫的哀鸣,她的眼里噙满了绝望的泪水。她在一天天地等,一日日地盼,盼望着自己重返天空,随着雁阵飞翔。

一天天,一日日,她在企盼和煎熬中度过。终于等来了春天。一列列雁阵又一次掠过天空,向北方飞来。

她仰着头,凝望着天空掠过的雁阵,发出兴奋的鸣叫。她终于等来了自己的丈夫。丈夫没有忘记她,当听到她的呼唤时,毅然地飞向她的头顶。丈夫又一次盘旋在空中,倾诉着呼唤着。她试着做飞翔的动作,无论她如何挣扎,最后她都在半空中掉了下来。

169

她彻底绝望了,也不再作徒劳的努力,她美丽的双眼里蓄满泪水,她悲伤地冲着丈夫哀鸣着。

这样的景象又引来了人们的围观,人们议论着,嬉笑着,后来就散去了。

张家的男人说:"这只大雁说不定会把天上的那只招下来呢。"

女人说:"那样的话,真是太好了,咱们不仅能吃到大雁蛋,还能吃大雁肉了。"

这是天黑时分张家男女主人的对话。空中的那只大雁仍在盘旋着,声音凄厉绝望。

不知过了多久,这凄厉哀伤的鸣叫消失了。

第二天一早,当张家的男人和女人推开门时,他们被眼前的景象惊呆了:两只雁头颈相交,死死地缠在一起,他们用这种方式自杀了。

僵直的头仍冲着天空,那是他们的梦想。

辑六　回望·少年

弹弓少年

20世纪六七十年代,许多少年能够为拥有一把制作漂亮、威力凶猛的弹弓而自豪。那是活跃在少年群体中时尚的标志,也是身份的象征。

邻居小三子有一把漂亮无比的弹弓,说它漂亮是因为小三子那把弹弓的弹把和我们的不一样,小三子的弹弓把也是用八号铁条做成的,这和我们的没有什么两样,不一样的地方是,他有个姨父在工厂的车间当主任,据小三子说,他这把弹弓被他姨父拿到车间用不锈钢漆"镀"过了,于是它就显得与众不同了。弹弓把通体发亮,银灿灿的,晃人眼睛。小三子经常把这把弹弓从书包里掏出来炫耀,在我们眼里他仿佛拿了一把左轮手枪,而我们拿的是鸟铳,于是小三子在我们眼里就显得与众不同,英雄无比。

在我们军区大院西侧有一片树林,树林在我们少年的眼里说大不大,说小不小,有几棵树上还搭了几个乌鸦窝,我们经常听见乌鸦一阵又一阵难听的叫声，当然还有一些麻雀和叫不出名的鸟在这片树林里嬉戏打闹，鸟儿们猖狂得很。

这片树林不仅是鸟儿们的天堂，也是我们大院这群少年的极乐世界。每当夕阳西下，少年们放学归来连家都没回，屁股上还吊着书包就都跑到这片树林里聚齐了。此时，正是鸟儿归林的时候，叽叽喳喳的鸟儿们，有的在树杈间的窝里探出头，有的干脆落在树杈上，热热闹闹、群情振奋地议论着活着的意义，抑或拌嘴吵架。

少年们来到树林里是比试弹弓的，我们袭击的目标就是候在窝里或落在树头的那些鸟儿。我们的子弹是早就准备好的小石子，于是一颗又一颗小石子射向那些无辜的鸟儿，被袭击的鸟儿们一拨拨离开树林，跑路逃难。在树林里袭击鸟儿其实难度是很大的，原因是那些枝枝杈杈的树为鸟儿们提供了足够的掩护，但它们还是受了惊吓。

鸟儿们受了惊吓，高高地飞起，盘旋在树头上，在夕阳的映衬下就像一幅画。鸟儿们似乎记性不太好，惊吓一番，盘旋一阵就又落到了某处的树梢上，这里是它们的家，它们不落在此处，也没地方可去。

我们和鸟儿们周旋着，采取敌进我退、敌驻我绕的游击战术。每天我们总会有些收获，把几只命运不好的鸟儿从树枝上射落下来，它们鲜血淋漓地落在地上扑腾着，我们便奔过去，欢庆着胜利。

拥有漂亮弹弓的小三子无疑是我们少年中的神枪手,因为他拥有真正的子弹,我们所说的真正的子弹是轴承里的钢珠,大小不一、通体晶亮、圆润无比,这也是小三子的姨父提供给他的,我们都羡慕小三子有个好姨父。拥有了优良弹弓的小三子,又拥有取之不尽的"子弹",小三子在我们的射手中就卓尔不群了。他没有理由不成为我们这些弹弓少年中的神枪手。每天小三子的硕果都比我们丰硕,有时能射中三五只鸟儿,我们则一无所获。不管射中没射中,大家都显得很开心的样子,像一群凯旋的将士,越过大院操场,再越过机关办公楼向家属院走去。

我们在回家的路上经常会碰到王然的姐姐,王然也是我们众多少年中的一员,长得瘦小枯干,平时我们都不爱带他玩,因为他像女生一样,动不动就哭鼻子,一哭鼻子下就冒出两个鼻涕泡来,越吹越大,最后灭了,很快又有两颗泡冒出来,"扑哧扑哧"地灭下去再冒出来。因此,我们都不把王然当回事,他一哭我们就踢他屁股,越踢他,他就越哭,后来我们烦了,干脆就不把他当回事了,我们去哪儿,他爱跟不跟,就当没他这个人。

王然的姐姐知道我们经常欺负王然,她很不放心,总在家属院门前等王然。王然的姐姐叫王菊,和我们在同一所"八一"学校里,她读高一。读高一的王菊和我们这群少年不一样,不仅比我们高出一个头来,最重要的是她说话的语气,每次见到我们,她都像老师一样训斥我们。她看着我们提着血淋淋的鸟儿,有些鸟儿还没有死,挣扎着蹬着腿,王菊就会说:你们太残忍了! 小三子就梗着脖子,提着鸟儿,另一只手挥舞着漂亮的弹弓道:你管呢,你算老几!

王菊在人堆里把王然拽出来,冲王然不知是责怪还是训斥地说:王然,咱们回家,以后不要和他们学。

王然被王菊拉扯着离去,心不甘情不愿地扭头看着我们,我们就做出要踢王然的动作,王然就不再回头了,屁滚尿流地随着他姐姐回家去了。王菊的马尾辫在我们的眼前一跳一跳的,还有她那胀满在裤子里的屁股,也一扭一扭的。我们望着王菊远去,总觉得王菊和我们不一样,究竟哪儿不一样,一时又说不清楚。

其实王菊的一双眼睛是很好看的,她那双眼睛含了层水,看我们时,王菊是一副不屑的表情,但她的眼睛像会说话一样,水汪汪中灵动着一种不可言说的神情。虽然王菊经常像老师一样训斥我们,但我们仍然希望每天都看到王菊,一天不见似乎少了些什么。

有一次,小三子神经兮兮地问我们:你们说,王然姐姐的眼睛好看还是屁股好看?

小三子比我们年长一级,他似乎显得比我们老到一些,问完这话时,他还一脸坏笑着。

我们面对着小三子的问话,一时不置可否地望着他,我们眼前就出现了王菊的眼睛,还有圆滚滚的屁股。眼睛就不说了,谁让王菊有那么一双漂亮的眼睛呢;关于屁股,一想到屁股我们就笑了。想想也是,王菊的弟弟长得那么瘦小枯干,而她却那么圆润饱满,凹凸有致,小三子说这是神来之笔,我们不解其中奥妙,也跟着傻乎乎地笑着。

有一次,小三子提拎着王然的耳朵,王然踮起脚歪着脑袋,龇牙咧嘴地望着小三子。小三子就一脸坏坏地问:王然,你说你姐屁股大不大?

王然明白小三子的话不是好话,不答,斜着眼睛瞪着小三子。小三子就又用了些力气,王然的脚都差不多快离开地面了,王然受不了了,马上答:大,大,我姐屁股大!

众人都笑了,小三子这才放开王然的耳朵。王然重新回到了地面上,底气就大了一些,他觍着脸冲小三子说:哥,你的弹弓能让我玩一下不?

小三子仍一脸坏笑地问王然:你姐的屁股让我摸一下,这把弹弓给你都行。说完,挥了挥手里锃亮的弹弓。

王然眼馋小三子手里的弹弓,口水都快流出来了,他有口无心地说:让你摸还不行吗?

小三子就笑,我们也笑,小三子就把弹弓放到王然手上说:就玩一下。

王然如获至宝,拿着小三子的弹弓,弯下身子满地找石子。

王然用小三子的弹弓射了一下，又射了一下，王然都把石子射到天上去了。每射一次，王然都发出猫的叫声，我们不明白他为什么要这么叫。最后还是小三子把弹弓夺回来，王然才恋恋不舍地一步三回头地向家属院方向走去。

我们见到王菊时，王菊依旧那样，不看我们，眼睛一下盯住王然，王然就乖乖地走过去，任由姐姐牵住他的手，像领一只小猫小狗似的把王然领回去，扭着她那美妙的腰身，圆润的屁股依旧紧绷着，很美好的样子。跟在王菊身侧的王然回头看了我们一眼，似乎觉察到了我们的坏笑，王然立马走到了姐姐的身后，用瘦小的身躯挡住了王菊的屁股。

不知是王然姐姐教育的结果，还是王然怕小三子去摸他姐姐的屁股，有一段时间王然不再跟我们玩了。按理说，多一个王然少一个王然没有什么，他就是个绊脚石、鼻涕虫。可他不跟我们玩了，我们就很少能见到他姐姐王菊，那双水汪汪的眼睛还有那圆乎乎的屁股也在我们眼前消失了，我们的生活就少了一份很重要的内容，没了色彩，一天到晚精神也干瘪得很。

有一天，我们正在家属院里索然无味地玩抓特务的游戏，小三子突然说：咱们找王然去。他的提议得到了我们的一致拥护，于是我们结队来到王然家楼下。

王然家住在一栋三楼把角的一个单元里，我们不敢上楼去敲门，因为这时王然的父亲——军区的军训部长一定在家里，我们都有些害怕王然的父亲,那是个黑脸的男人,似乎永远不会笑,只会瞪眼睛,经常组织部队训练,总是吼着讲话。我们怕王然的爹,但不怕王然,于是我们站在王然家楼下,就一起喊王然的名字。

不一会儿,三楼的一扇窗子开了,开窗的不是王然,也不是王然的爹,而是王然的姐姐王菊。王菊探出头,冲我们喊:滚,小破孩,快回家去。说完,关上窗子消失在窗后了。我们再齐心协力地喊王然,突然窗子又开了,王菊用茶缸子把一缸子水泼出来,那水星星点点地落在我们的脸上、衣服上。我们见到了王菊,兴致一下高昂起来,准备把这场游戏玩下去,可泼完水的王菊不仅关上了窗子还拉上了窗帘,和我们彻底隔绝了,不管我们怎么喊,再也没人理我们了。我们心有不甘。

从那以后,每到晚上喊王然下楼成了我们游戏的一个节目。每天,王菊都会从窗子里探出头骂我们是小破孩,有时用茶缸子往楼下泼水,有时不会,直到最后拉上窗帘。拉上窗帘我们就什么也看不见了,我们只能败兴而归,心里怅怅的、空空的。

有一次,小三子站在王然家楼下冲我们说:王然不下楼,咱们用弹弓射他。小三子的提议引来我们一致叫好,我们纷纷低头找小石子和土块,齐齐亮出弹弓,子弹上膛,一起冲着三楼王然家的窗户发射。一阵乱射,小石子和小土块纷纷砸在墙上和窗框上,发出"咯噔咯噔"的声音,这声音一定惊动了王然的姐姐王菊,她突然推开窗子,探出头大骂:小兔崽子,找死呀!

我们立马呈鸟兽散,纷纷朝暗影里跑去。王菊见我们散了,又"砰"地关上窗子。我们打游击似的又回来了,又是一阵发射,周而复始。直到有一次,王菊挥舞着炉铲子从楼道里冲出来,一直追了我们好远,我们吓得跑到小树林里,惊魂未定的样子。王菊自然不会追到小树林里,但我们仍然惊魂未定。

我们每天晚上都要去叫王然下楼,有时天下雨,没做成这样的游戏,我们都非常失落,因为看不见王菊气鼓鼓的样子,看不见王菊好看的眼睛,也看不见王菊挥着炉铲子追我们时跑动的身影,我们就失落得很,其实叫不叫王然已经不重要了,这种游戏成了我们和王然姐姐的一个共同的游戏。王菊已经加入我们的游戏之中,她浑然不觉。

有一天晚上,小三子又把我们召唤到一起,站在王菊家楼下,他布置道:把弹弓拿出来。

我们齐齐地掏出了弹弓。

小三子又说:把子弹上好。

我们在弹弓的皮兜里装上石子或土块,小三子则把一粒钢珠装到了弹弓的皮兜里。

小三子说:我们喊王然王八蛋,等他姐开窗时我们就发射。

我们一齐点头,都为小三子的主意暗自叫好。我们既紧张又兴奋,然后齐心协力用发颤的声音一起喊:王然王八蛋。

喊了几声之后,果然,王菊打开了窗户探出头,一双美丽动人

180

的眼睛怒视着我们,她正要骂我们"滚","滚"还没出口时,小三子下达了发射的命令,我们就齐齐地发射了,子弹雨点似的向王菊射过去。

王菊大叫了一声,随即捂上眼睛,一下子消失在窗户后面。我们正慌神的工夫,听见屋内王然爹粗声大嗓地说:怎么了,谁干的? 说完一把推开窗户,一张黑脸露了出来。

我们早已魂飞魄散地消失在了黑暗中。

第二天上学,我们没有见到王然,也没见到高一的王菊。这一天,我们在忐忑中度过。放学后我们回到大院,听到一个惊人的消息:王菊住进了军区医院,她的眼睛受伤了。

机关的李协理员,挨家挨户地找了我们的家长。说了什么,我们不知道,反正我们的父母都黑着脸,各自把我们关到屋里揍了一顿,骂我们不懂事,捅了大娄子。娄子究竟有多大,三天后水落石出,王菊的一只眼睛瞎了,眼球被摘除了。这的确是一个噩梦,我们没想到一把小小的弹弓竟然惹出这么大的祸。

那些日子,我们的家长频繁地出入于王然的家里和军区医院。机关保卫部的一个干事把我们的弹弓都收走了,还问了我们许多话,比如,是谁射中了王菊之类的。我们的确不知道是谁射的,在小三子的号召下,我们是一起发射的,我们只能如实地把那晚发生的事又重复一遍。保卫干事做了记录就走了,我们不知道会有什么后果,整日里担惊受怕,大气也不敢出。

一个多月以后,我们看见王菊左眼蒙着纱布,被她母亲领回了家里。我们才知道,王菊的左眼已被摘除换成了义眼。我们第一次听到"义眼"这个词。后来小三子说义眼就是假眼睛,我们才明白,王菊的眼睛真的不在了。我们还知道参与那天晚上游戏的学生的家长,每个人拿了五百元钱,作为给王菊治病和补偿的费用。我们各自又挨了一顿揍,父母下令放学后哪里也不能去,我们只能待在家里。

王菊因为眼睛休学了一年,本应该上高二的她,复读了一年。

从那以后,我们不敢再见王菊了,她那双美丽的眼睛消失了一只,只要一看到她的身影出现,我们就躲得远远的。有一次王然找到小三子,他疯了一样把小三子扑倒,又踢又咬,让小三子还他姐姐的眼睛。小三子不还手,任王然踢咬。在王然的心里,射伤他姐姐眼睛的一定是小三子。其实我们也这么认为,但没有证据。小三子从那以后开始变得沉默寡言了,再也不和我们一起玩了,经常一个人独自发呆,小三子似乎一下子就长大了。

直到王菊毕业那一年,我们才真正目睹了装了义眼的王菊。王菊作为毕业生代表上台发言,王菊举着右手向毛主席发誓,带头下乡插队。她的一双眼睛不再像以前那样动人了。王菊本应该去参军的,就因为她装了义眼,只能下乡插队了。王菊的左眼因为是假的,并不听指挥,右眼看左时,她的左眼还是看着前方,两只眼睛的大小也不一样,左眼毫无表情,看起来怪怪的。

王菊就是带着怪怪的左眼下乡了。我们心里都有种说不出的滋味,王菊下乡了,我们都不敢见王然,王然一直把我们当成敌人,一句话也不和我们说。小三子比我们早一年毕业,他也没去参军,主动要求下乡了,他插队的地方就是王菊所在的知青点。

从那以后,我们就很少能看到王菊的身影了,也很少能看见小三子了。

我们高中毕业那一年,王菊从乡下回了城,被招进一家工厂上班。没多久,听说王菊要结婚了,未婚夫是部队复员的一名战士,和王菊在一个工厂。

王菊结婚那天,我们也远远地去看了,王菊被接走时,一点也不热闹,甚至有点寒酸。她的未婚夫穿着一身旧军装,推着自行车等在王菊家楼下。王菊从楼上下来,穿着新衣服,脖子上多了一条红色的纱巾。她来到楼下,冲未婚夫笑一笑,说了句:咱们走吧。

未婚夫掉转车头,骑了上去,王菊一踮脚,轻盈地坐到自行车后座上,用手搂了未婚夫的腰,样子很好看,像要飞起来一样。两人越骑越远,最后骑出军区大院。

突然我们看到已经下乡的小三子跑进了军区大院,他穿着军裤,胶鞋上还粘着泥点子。他看着我们,一脸失落地说:我听说王菊要结婚了,我是从乡下特地回来的。

我们都没有说话,再抬头看小三子时,小三子已经泪流满面了。

小三子又说:王菊不该嫁给这个人。

后来我们听说,小三子在乡下向王菊求过婚,发誓要娶王菊,不知为什么王菊没同意。后来小三子也回城了,但他一直没有结婚,许多人给他介绍女朋友,他见都不见一面,抱着一把吉他在院内的树林里自弹自唱,没有人知道他心里想的是什么。

又过了几年,我们有的从部队复员回来了,有的从乡下插队回来了。我们又聚在大院里,我们都得知一个消息:王菊离婚了。

离婚的王菊又回到军区大院父母家里,她结婚又离婚,我们觉得这似乎和我们有着因果关系,心里很愧疚,不敢见王菊,总是躲着她。有时在胡同里不期碰面,我们都虚虚地去看王菊,王菊倒像没事似的冲我们笑笑,一只眼睛向左,一只眼睛向右,看我们一眼,就走过去了。我们心里却堵得难受。

不久,我们突然接到小三子的结婚请柬,都不敢相信自己的眼睛,请柬上写着小三子和王菊的名字。他们一同邀请我们去参加他们的婚礼。后来听说小三子费了挺大的事,最后都给王菊跪下了,王菊才同意结婚。

他们两人的婚礼我们都去了,小三子不停地给我们敬酒,每敬一杯,小三子都问我们:王菊漂亮吧? 我们就想起了上学时候的王菊,我们都说:漂亮! 祝福你们!

那天王菊和小三子的婚礼,我们真的很高兴,都觉得他们是天底下最幸福的人。昔日的弹弓少年,在婚礼上都喝醉了。

张棉远和他的自行车

在上小学三年级时,张棉远学会了骑自行车。

我们的童年,学会骑自行车是件大事,因为那会儿没有多少家庭有自行车。张棉远的父亲是邮电局的投递员,邮电局给张棉远父亲配了一辆自行车。那辆自行车被涂成邮电局的绿色,和在街边看到的信筒颜色一样。车的牌子是"永久",按现在的话来说,是自行车中的大牌子。

张棉远的父亲是一位长得很结实的圆脸男人,因常年风雨无阻地骑着自行车给人投递信件报纸,身板就很好,敦实厚重,很抗造的样子。抗造的男人白天给人投递信报,晚上天一黑就上床睡觉了。张棉远晚上趁父亲睡觉时便偷偷地把父亲的自行车推出来,趔趄着身子,撅着屁股学骑自行车。自行车是二八式的,很高大生猛,同样长得敦实的张棉远,个头刚有车把那么高,小孩学骑大人的自行车只能掏裆骑。所谓掏裆就是把身子悬挂在自行车

186

一侧,右腿穿过自行车构成的三角车架,斜歪着身子,很难受的样子。虽然难受,张棉远学习自行车的热情却很高涨,在自家门前并不宽阔的马路上来来回回地溜那辆二八自行车。有时一不留神就摔倒在地,一旁观看的我们就幸灾乐祸地笑。我们巴不得张棉远这一跤摔掉几颗门牙,或者手肘见点血什么的,那样我们的心才会平衡。结果是,张棉远在每次摔倒之后都倔强地爬起来,拍拍手上的土,红头涨脸地又开始和那辆自行车较劲。

渐渐地,张棉远居然学会了骑车,刚开始能骑上十米车子不倒,后来又是三五十米,几天之后,自行车居然不倒了。我们心里的滋味就不那么好受了。

貌不惊人、学习又不咋样的张棉远居然学会了骑自行车,而且能把邮电局的"永久"牌自行车骑到大街上而不倒,这是我们无法接受的。在那一段时间里,从黄昏到晚上,我们附近大街小巷里,随处可见张棉远撅着屁股,斜歪着身子,一趟又一趟遛那辆自行车。我们一次次巴望张棉远摔车或出点什么事,可每天见到张棉远他都好好的。自从张棉远学会骑自行车后,他的眼神和以前都不一样了,以前软绵的眼神,此时,已经变得坚硬如铁了。最不能让我们忍受的是,他没事就炫耀自己会骑自行车这件事,弄得一帮小女生围着他一遍遍东问西问的。那些日子,张棉远嚣张得很,和以前那个老实巴交、一脚踹不出个屁来的张棉远相差十万八千里。

那一段时间张棉远很嚣张，很嘚瑟。

我们这些不会骑自行车的人终于团结起来，并决定整一整嚣张嘚瑟的张棉远。说干就干，整蛊张棉远成为我们的动力。在张棉远骑自行车的必经之路上，我们齐心协力地挖了一条土沟，沟上又用木棍和乱草遮盖上，再小心地把沙土平整在木棍和乱草上。我们整蛊张棉远的办法和八路军当年整日本鬼子的办法如出一辙。那会儿我们正在追看《地雷战》和《地道战》，聪明的八路军和抗日群众，有很多整治鬼子的办法。我们要用当年八路军整小鬼子的办法，整一整同样可恨的张棉远。

果然，张棉远又如期地把自行车骑出来了，小小的身子歪斜地吊在自行车的一侧，屁股一撅一撅，正卖力地遛那辆二八自行车，离我们的暗道机关越来越近了，我们埋伏在一旁，心都快提到了嗓子眼。一瞬间，张棉远和自行车就冲了过来。

结果可想而知，张棉远连同自行车四仰八叉地摔在马路中央，和当年小日本的狼狈样子没什么差别。

张棉远一手捂着腿，一手捂着嘴，嗷嗷地躺在马路上干号。我们顾不得张棉远狼狈的样子了，一下子作鸟兽散了，兴奋地跑进小胡同，再一转回到了各自家中。那一晚，我一想到张棉远狼狈的样子就兴奋得睡不着。不知过了多久，才慢慢睡去，睡梦中又笑醒了几次。

第二天晕头涨脑地来到了学校，张棉远已先我们一步来到了学校,他腿上缠了纱布,更可笑的是他少了两颗门牙。他瘪着嘴,仇恨地望着我们。我们不知这场祸事的结果是什么,忐忑地上完了一节课。

一下课,班主任就把我们几个叫到了办公室。世界上最可恨的人就是叛徒,老师还没问我们是怎么回事,刚把严厉的目光依次在我们脸上扫过,有个叫郑小冬的人就招了。他先是推脱责任,说自己什么也没干,就在一旁看了,然后用手指着我们,带着颤音说:老师,都是他们干的,石钟山就是领头的……

我看着郑小冬,恨不能一脚把他踢出老师办公室。

事情接下来便可想而知了,放学后我们这几个整蛊的学生都被老师留下,写检查,第二天又当着全班同学的面依次走到前面念自己写的检查,字字血,声声泪,仿佛自己就是罪大恶极的刘文彩或者周扒皮。

终于过了检查这一关,回到座位上时,张棉远的目光投了过来,他的目光又坚硬如铁了。我不怕他的坚硬目光,迎着望过去,一直让他的视线避开。我心想:不就是整你一次吗? 干吗要告老师? 他告老师的结果是:我开始更加仇恨张棉远,发誓要把他整老实了,让他的目光再变软了,我非常不喜欢张棉远坚硬起来的目光。

我们的整蛊并没有影响到张棉远的车技。不久,他不再掏裆骑车了,而是把两条腿分叉在车梁上,摇着两颗还没成熟的卵蛋继续嚣张嘚瑟。

　　我望着张棉远张狂的身影,一遍遍地想:看你能嘚瑟到什么时候?!

那年冬天

　　小学五年级的那个冬天,东北下了一场大雪,一觉醒来,天地间白茫茫的一片,马路上的积雪已没过了膝盖,走在路上的人们像跋山涉水。

　　雪后,北风又一连吹了三天。记忆中那个冬天奇冷。因为寒冷,我们这些学生中开始流行戴一种兔毛棉帽。棉帽是咖啡条绒做成的,兔毛很长也很软,戴在头上一定暖烘烘的。因为我还没有拥有一顶兔毛棉帽,在我想象里,那顶帽子一定很温暖。

　　我戴的帽子是二哥参军后留给我的,是剪绒做成的,二哥戴了三年后,他参军走了,这顶帽子就留给了我。剪绒就是人工做成的一种绒,很硬,也不够暖和。二哥留下的帽子,此时许多剪绒已经脱掉了,东秃一片西秃一块的,像只癞皮狗的毛。二哥的脑袋比我的头大一号,帽子戴在我头上,经常会遮住眼睛,帽子戴在头上,显得咣里咣当的,很不严实。

许多同学在那年冬天都拥有了兔毛棉帽,我非常羡慕那些同学,也非常希望自己也拥有一顶兔毛棉帽。

那场大雪之后,我父亲和母亲就出差下部队了。我父母都是军人,那场大雪无疑是一场灾难,于是父母双双下了部队去检查工作。东北有许多部队,大都驻扎在深山老林里,那时党和国家正在备战备荒,国际国内的形势紧张得很,因此,我父母作为部队机关干部就要经常下部队去检查工作。好在下乡的二姐,在大雪之前从乡下回家探亲,二姐那年下乡,在一百公里外一个叫马家堡的农村,接受贫下中农再教育。

没过两天,坐在我前排座位上的朱革子居然也有了一顶兔毛棉帽。朱革子平时说话结结巴巴,我们同学在一起时,没有他说话的份儿。一般还没等他把话说出来,我们的话已经说完了,该干什么就干什么了,他只有听吆喝的份儿。就连老师上课也很少提问他,因为他每次站起来回答问题时,都是吭哧半天也说不明白问题,还引得同学们一片哄笑。后来老师也觉得让朱革子回答问题完全是在浪费时间,于是索性再也不把问题留给他了。朱革子就显得很落寞,上课时精力也不怎么集中,看看这碰碰那,一会儿趴下一会儿坐起来,显得躁动不安的样子。

朱革子一躁动,弄得坐在后排的我也很不安,我就抬起脚去踢朱革子坐的凳子,他回头瞄我,我就小声道:你消停一会儿。朱革子似乎有话要说,但最终于涨红了脸扭过头去。那节课他终于显得很安静。

老师一宣布下课，我们这些人也像离弦的箭一样射出教室。操场上有许多好玩的东西，比如，在冬天里打雪仗、堆雪人，还有几个秋千，荡来晃去的，那是女生的专利，我们男生从来不碰那玩意儿。朱革子嘴笨人也笨，挖挲着手跟在我们后面。我们都玩半天了，他还找不到玩的机会，急得只剩下呼哧呼哧地喘气。他的气还没喘匀，上课铃声就响了，朱革子心有不甘地又坐到了座位上，焦灼地晃动着身子。我就左一脚右一脚地踹他屁股下的凳子，朱革子就安静下来。

吃屎都赶不上热乎气的朱革子居然也有了一顶兔毛棉帽，他也成了流行中的一员。朱革子的头是长方形的，不知什么缘故，他后脑勺总有一撮不听话的头发乍起来，就像《林海雪原》那本小说里那个土匪"一撮毛"一样。

自从朱革子有了一顶那年冬天流行的兔毛棉帽，我怎么看朱革子的脑袋都不舒服，越看那个长方形脑袋越觉得他不配戴那顶帽子。有一次上课时，我又踹了一脚朱革子屁股下的凳子，他回过头看我。我小声但不容置疑地说：把你的帽子给我。闻言，他露出诧异和不可思议的眼神，我又说了句：快点！

朱革子无奈地又不情愿地从课桌上拿过帽子递给了我。我把朱革子的帽子放在腿上，抚摸着那顶兔毛棉帽，兔子毛很柔软，更温暖，手放在上面都不想离开，这么温暖舒适的帽子怎么就戴在朱革子的头上呢? 他头上那撮毛让我越看越生气,我一手拿着朱革子的帽子,一手拿削铅笔的小刀,一下下划着朱革子的帽子,仿佛划的不是帽子,而是朱革子那个方头,划一下解气一些。不知过了多久,下课铃声响了,同学们又箭一样射出教室,我把朱革子的帽子扣在他的方头上,也奋不顾身地冲了出去。

我们正在打雪仗,热火朝天的样子,奋不顾身英勇无比的精神让我们热血沸腾。正当我全身心地进行反击时,我身后突然爆发出朱革子的哭声,这声嘹亮的哭,让我们所有人都定格下来,我回过头,朱革子光着头,头上那撮不听话的头发随风飘舞,他手里攥着兔毛棉帽,此时帽子的皮毛已经飞扬起来,成了条状,若干条皮毛在风中散开,像拖布头。朱革子的一张脸乌青,眼泪像羊屎蛋一样纷纷跌落下来。

一瞬间我也傻了,没想到经过一节课的发泄,朱革子的帽子竟变成了如此模样。我首先想到了后果,马上又把这顶帽子扣在朱革子的头上,并威胁他说:不许哭,也不许告诉老师!

因为自从张棉远打小报告事件被整蛊后,的确没人再打小报告了。朱革子看着我,戴着帽子,风吹起一片一缕的兔毛正迎风飞舞,此时的朱革子很像一名打了败仗的日本兵。我忍不住笑了,同学们也笑,唯有朱革子不笑,他哭得就像死了爹娘一样。我不耐烦地说:行了,哭一会儿就得了,别没完没了啊!

我转过头又用雪球向同学发动了进攻,朱革子转身回了教室。他的舅舅张棉远跟在他的身后,两人都低着头,霜打的茄子一样。

那天,剩下的几节课时间里,朱革子一直在我眼前抽抽搭搭的。我怕老师发现,就一遍遍去踹他的凳子,踹一脚好一会儿,过一会儿他又抽搭开了,弄得我开始烦躁起来。

好不容易挨到了放学,我不想看到朱革子死了爹娘的样子,下课铃声一响,率先冲出门去,一个人在前面走了。

晚上,我一直躲在屋里看连环画。这本连环画是姐姐从乡下回来买给我的,画面是彩色的,讲述两个小八路如何机智勇敢地打日本人的故事。门铃响了,姐姐去开的门。家里经常来人,都是大人招待,说会儿话就走了。没想到的是,我居然又听到了朱革子的哭声。我推开门,果然看见了朱革子,随朱革子而来的,还有他那个长得方头大脸的妈,他们后面跟着张棉远。此时,朱革子一见我就把头低了下去,身子杵在那儿。朱革子妈一手牵着朱革子,一手拿那顶破烂不堪的帽子在向我姐告状。他妈说:这就是你们家老三干的好事。老三说的就是我,我有两个哥哥,排行老三,人们都叫我老三。

姐姐回头看我,我不怕我姐,但怕我爸,如果我爸在家,遇到这事,我爸肯定不分青红皂白一脚飞踹过来,或者抡起皮带暴揍我一顿。以前在外面闯了祸,我都先不敢回家,要在门外侦察一番,如果没人告状,平安无事了,我才敢回家;要是发现有人告状,我肯定不再回家了。有时会在外面游荡一晚上,直到妈妈或姐姐,有时也会全家人出动,打着手电,高一声低一声地喊我的名字,我才会从某个黑暗角落里走出来。

这几天爸妈都不在家,我就把这事给忘了。此时,我盯着朱革子,满眼怒火,张棉远一直不抬头,可以忽略不计了。我在心里一遍遍地咒骂道:朱革子,你这个叛徒,有你好瞧的。

朱革子不敢和我对视,用目光望着自己的脚尖,仍然在抽抽搭搭地哭,弄得身子一耸一耸的。

姐姐回过头严厉地问我:老三,这是不是你干的?

我只能低下头。

姐姐从兜里拿出钱包,找出三块五角钱,递给朱革子他妈,说了许多对不起。那年流行的兔毛棉帽,价格就是三块五,许多年过去了,我记忆犹新。因为在那一年,姐姐赔了人家三块五毛钱。

朱革子的妈牵着朱革子走了,姐姐才说:为什么要破坏人家的帽子?

我小声地说:因为他有,我没有。

姐姐把手放在我的头上,什么也没说。

第二天,姐姐为我买了一顶兔毛棉帽,在那个冬天我也拥有了一顶流行的兔毛帽子。

我一见朱革子戴兔毛帽子就生气,那是姐姐花钱赔给他的,放学路上我又截住朱革子,命令他把帽子摘下来,不许他戴上。他就一路夹着帽子,用双手捂着耳朵,北风吹得他的耳朵一定很疼,他一路都在龇牙咧嘴。要分手时,我站在朱革子面前问道:以后还告不告家长了?

他的脸和耳朵已经冻得青紫了,瓢着嘴酝酿了半天说:不不不不不了……

我狠狠地踹了朱革子一脚,转身走了。

从那以后,不知为什么朱革子没有戴那顶兔毛棉帽,又戴上了旧帽子,头上那一撮毛夛得越发显眼了。

三块钱的白球鞋

　　小学五年级下学期,我们学校来了一个体育老师,名字叫马驰,二十多岁,头发很长,总有几缕搭在眼角,他为清理眼前的头发,头总是一甩一甩的。因为他是体育老师,总穿一身运动服,运动服的颜色是蓝的,领口袖口带着白边,运动鞋也是蓝色的,鞋边也是白的,因此,体育老师马驰在我们眼里样子非常潇洒,很体育的样子。

　　每次上体育课,他总会招惹得班里的一群小女生大呼小叫的,以前我们从来没见过我们班的女生如此矫情造作。以前,教我们体育的老师是个五十多岁的男老师,每次上体育课,这些女生不是腿疼就是肚子疼,以此逃避上体育课,上体育课便成了我们男生的专利。年老的体育老师似乎精力不够用了,每次上课都会扔给我们几只球,不是篮球就是足球,让我们放羊式地玩,他自己则坐在操场上,眯着眼睛看太阳,似乎快睡着了,头还一点一点的。后来这个体育老师就退休了，来的新老师就是马驰。

马驰的到来，让我们班的小女生一下子就热爱起体育课来了。每次上体育课，这些女生似乎还精心打扮一番，有的扎上了红头绳，有的穿上了新衣服。整节课她们都叽叽喳喳，围着马驰问这问那，没完没了。

五年级的我们，对这些同样大小的小女生没什么兴趣。我们喜欢上美术课，美术老师叫桃子，也是个二十出头的女性。桃子老师长得就像她的名字一样，整个人都是圆乎乎的，不笑不说话，说话的声音也很好听，一股水蜜桃味。我们班这些小女生跟桃子老师相比简直不值一提。这些不起眼的女生却偏偏喜欢体育老师马驰，我们一点也不嫉妒，甚至觉得非常可笑。

马驰老师家是外地的，住学校职工集体宿舍，我们每天早晨上学时，都能看到操场上马驰的身影。他不是跑步就是在练习单双杠，青春的身体在校园里无处不在，仿佛学校里来了一个体育老师，人一下子多了一半。

不上体育课时，我们也会经常见到马驰的身影，一身蓝色运动衣裤，头发一甩又一甩。我们男生都觉得马驰这个老师有点嘚瑟和嚣张，多多少少地对他并不怎么喜欢。究竟为什么不喜欢，我们这些男生也说不清楚。

有一天，有个同学公布了一条爆炸新闻，说是星期天在电影院里看到马驰和桃子老师了，两人一同去看电影，说出来的时候，还见两人拉了一下手。这条消息不亚于一枚原子弹在我们男生中炸开了。马驰居然和桃子老师好上了，这让我们无法接受，我们那么喜欢的桃子老师居然看上了马驰，这让我们感到有些不可思议。

从那以后，我们开始观察桃子老师，果然，她和马驰老师的关系不一般。两人经常出双入对，桃子看马驰的眼神也不一样起来，说话的声音更动听了，笑起来也更好看了。美术和体育相差十万八千里，两个人怎么能扯到一起呢？我们不解，我们生气，替桃子老师不平。

从那以后，我们这些男生集体不爱上体育课了，准确地说不爱上马驰老师的体育课了。每次上体育课，我们男生都吊儿郎当的，不听马驰的指挥，他让我们往东，我们偏往西，气得马驰直翻白眼。

转眼到了春季运动会，运动会要求每班都要选出一些人来参加，代表各个班走列队，体育好的学生还要参加各类比赛项目。我是班里的体育委员，这种活动肯定落不下我。

学校每次召开这种运动会，都要统一着装，学校没有钱，运动服是统一定做的，只有开运动会时，参加的人每人发一套，开完运动会还要交上去，下次运动会时再用。只有鞋要自己交钱，依据号码大小由学校统一购买，参加完运动会，鞋就归自己所有了。

因为要参加运动会，母亲给了我三块钱，这是学校要求的钱数。以前参加运动会我没有什么异议，因为是体育委员，在班里的体育项目上，要起模范带头作用。可这年的运动会，因为马驰我一点也不想参加。母亲给我的三块钱在我兜里放了好几天，我就是迟迟不愿意把钱交给马驰，其他同学也一样，别别扭扭，拖来躲去的。包括张棉远和朱革子这俩人，最后在马驰的一再催促下，这两个人才不情愿地把买鞋钱交给了他。张棉远还讨好地对我说，马驰找了他六回了，不交不好意思了。我白了张棉远一眼，并没有说话。

我一直没把买鞋的钱交给马驰，他每次问我要钱，我总是说：忘管家长要了，等明天再交。等明天见到马驰，我仍然是这句话，弄得马驰很不耐烦的样子。他越不耐烦我越开心。

后来，我带着几个同学，买了一瓶果酒和一袋饼干，正好花完买运动鞋的那三元钱。我和几个同学溜到学校后面的小树林里，一边喝酒一边吃饼干，这是我第一次喝酒，那几个同学喝了酒显得很兴奋。朱革子借着酒劲结巴半天说了句：要要要不不咱咱揍马驰一顿好好好不好？我白朱革子一眼，没搭理他。

我们一边说着仇恨马驰的话，一边把酒和饼干吃完了。

一直到学校召开运动会，我也没把买鞋的钱给马驰。马驰最后还是发给了我一双运动鞋，说心里话，那双运动鞋在当年我们眼里还是很奢侈漂亮的，白色的鞋面，绿色的鞋底，穿着它很轻盈也很帅气。参加运动会的男生们，每个人都有做了马驰的感觉，很运动也很潇洒。

我穿着那双轻盈的运动鞋,走了入场仪式,又参加了一百米和二百米的短跑比赛。我得了一个冠军和一个亚军,惹得一帮小女生站在终点线上拼命为我加油鼓掌。我不稀罕这些小女生为我加油打气,我只在乎桃子老师,果然我看到了她,她站在学生后面,冲我微笑着,我仿佛又闻到了水蜜桃的气味。

从召开完运动会那天开始,只要马驰见了我,就要那三块买运动鞋的钱。我翻着白眼爱搭不理地说:忘了向家长要了,再等等。我每次都是这句话和这个态度。为了这三元钱,那双鞋我都不好意思穿到学校来了,只有在放学回家后才换上。

马驰差不多要了一个学期,每次见我,我都是那几句对话,他一副没办法的样子,我却开心无比。在这学期里,我们又有同学看到马驰和桃子老师在逛街,有时拉手,有时还走进电影院看电影。一想到美好的桃子老师和马驰在一起,我们这些五年级的男生就难过万分。

暑假之后,我们这些同学升入了初中,初中和小学不在一个学校,我们不仅离开了小学,同时也告别了桃子老师。对我来说,我也摆脱了马驰老师不厌其烦地向我要那三块钱的烦恼。上了初中的我们,一想起桃子老师会继续和马驰在一起,心里就很惆怅。

一晃又一个学期过去了,记得刚放寒假,雪下了一场,又下了

202

一场。有一天,突然一个同学跑到我家告诉我一个惊人的消息:马驰和桃子老师被学校开除了。

我吃惊地问:为什么?

那个同学说:他们非法同居,被学校革委会主任堵在一个被窝里,两人就被开除了。

这个消息对我而言就犹如五雷轰顶,拉着那个同学跑到我们的母校。小学也放假了,大门锁上了,但大门上贴了一张告示,那张告示写的就是开除马驰和桃子老师的内容。我跳起脚,把那张告示撕了下来,又一甩手扔到雪地里。不是为了马驰,而是为了桃子老师。

我们上初二的时候,有人说马驰参军了,去了南方的一个军区。他因为年龄超了,是走后门才参的军,桃子老师则一直没有消息。

我们读高一那年,是 1979 年,就是那一年在南方边境上,一场自卫反击战打响了。那年暑假,我们才听到关于马驰的消息,他牺牲在那场战争中。我们相信马驰成了烈士,可是我们还是没有桃子一星半点的消息。

高中毕业后,我参军了,那是 1981 年的 10 月。

又是许多年过去了,关于马驰和桃子的话题在我们同学聚会时,偶尔还会有人提起。除了以前的消息,没有半点新消息。

又过去许多年,我仍然会想起马驰,还有那双运动鞋,想起这些时,心里怎么都不是个滋味。我在心里无数次想过,如果这会儿我能够再见到马驰,我一定还给他那三元钱,不,是三万块。

可惜我再也见不到我们的体育老师马驰了。

一身镶着白边的蓝色运动衣,蓝色运动鞋,长长的头发遮在他的眼角,于是他就不停地甩头,潇洒的马驰,年轻的马驰……

"马子"小麦

"马子"在我们少年时代是一个很流行的词,意为婊子、破鞋,形容不正经的女人。

小麦是我们的同学,我们私下里都称她"马子"。

"马子"小麦在我们上初二时,就和别的女生不一样了。小麦在上初二时比其他女生就高出半个头,和我们男生个子差不多,胸似乎在一夜之间就鼓凸出来,上体育课时胸就一摇一晃的。她爱穿圆领内衣,领口并不严实,身体起伏时,露出白花花的两坨肉,像刚蒸出的馒头。我们男生找各种接近小麦的机会,去偷看她胸前的两坨肉。劳动或上体育课时,有机会我们就用肩膀或后背蹭一蹭小麦。

小麦不像别的女生那样,总是把肩膀张开,夸张地展示自己。许多女生一到发育时,总是低头收肩,似乎羞于让自己的胸见人。有时我们上体育课,小麦就高声地冲体育老师说:我来例假了,体育课我不上了!

男生们听了小麦的话,都扭过头坏坏地意味深长地笑。女生们羞红了脸,低下头,捂着嘴,万般地不好意思。小麦就跟没事人似的,脸不红不白的,睁着一双无辜的眼睛望着老师,直到把体育老师的头望得低垂下去。

我们上高一的时候,小麦的穿着就已经很大胆了,穿很短的裙子,有时也穿短裤,露出的大腿饱满结实,上身的衬衣总是不系上面的两颗扣子,让自己的胸自由地晃悠着。

小麦的与众不同,成为我们班女生中一道亮丽的风景,全校都知道我们班有一个大胆的女生小麦。

小麦在高二下学期样子已经是个大姑娘了:她也把自己打扮成一个大姑娘的做派,嘴唇涂成红色,抹雪花膏,脖子上总是系一条红色或绿色的纱巾。小麦的样子已经是标准的社会女性了。

我们男生都爱和小麦说话,她也愿意和我们男生一起玩。每天放学,她和我们男生一起走,甚至学着我们男生的样子和我们勾肩搭背。小麦一走近我们,我们便能闻见雪花膏的味道,香香的,还有些甜丝丝的味道。

高二下学期,小麦恋爱了。她的恋爱对象是社会上的无业青年叫马小春。马小春穿牛仔喇叭裤、花格子衬衣,长发,戴墨镜。那在当时是时髦男青年的标准装扮。

马小春经常在我们学校门口等小麦,他叼了支烟,墨镜卡在头顶,手插在裤兜里,踮起一只脚,样子流气又潇洒。他一见到走出校门的小麦便打一声口哨,小麦便像一只鸟一样飞向马小春。马小春揽住小麦的腰,又吹一声口哨,旁若无人地把小麦带走了。

马小春在我们眼里很不着调,首先他没工作,还把自己打扮得流里流气,我们男生对这样的男青年既羡慕又排斥。因为有了马小春,小麦已经不正眼看我们这些男生了,她甚至说:你们这帮小破孩没劲! 小麦的话深深地刺伤了我们男生的自尊心。

小麦和马小春整日里在我们眼前出双入对,这深深地刺激又伤害了我们男生,不久后,我们便私下里称小麦为"马子"。小麦的男朋友马小春有时不知在哪儿借了辆三轮挎斗摩托,轰轰隆隆地开到我们学校门口,又带着小麦轰轰隆隆离去。小麦脖子上的红纱巾迎风飘扬,像一面扯起来的旗帜。

小麦和马小春很嚣张地谈恋爱。一晃我们就高中毕业了。

小麦一毕业便接了母亲的班去纺织厂上班去了。小麦的母亲身体不好,经常咯血。据说是肺不好,但她仍然坚持上班,目的就是占着工厂一个位子,就等小麦毕业,把自己的位子让给小麦。小麦父亲的工作在早两年前就让小麦的哥哥接了班。

在20世纪80年代初,高中毕业马上能有一份工作,那是非常幸福的。幸福的小麦不仅拥有了爱情还有了自己的工作,我们一想到小麦心里就有种说不清的滋味。

小麦在纺织厂上班不到半年,听说她就和马小春断了关系,和纺织厂一个技术员好上了。在纺织厂男性很少，年轻小伙子更少，这些男性就像红色娘子军中的党代表一样，珍贵而又稀少。技术员姓苏，在众多纺织女工身影里他鹤立鸡群。

不知怎么，小麦就和苏技术员搞到了一起，她的前任男友马小春自然不会善罢甘休，他在社会上历练过几年了，打架拍"马子"什么事都干过。眼见着自己的女朋友被人抢走了，马小春自然是心有不甘，然后就找茬和苏技术员打架。不知怎么搞的，他没打过苏技术员，反倒被苏技术员给放倒了。后来我们听说，马小春挨了好几刀，肚子上后背上都有刀伤，万幸的是，马小春并没有生命危险。

苏技术员以防卫过当罪被判了有期徒刑三年。

我们原以为小麦轰轰烈烈的恋爱就此会发生一次重大转折，没想到我们听到一个惊人的消息。小麦辞了纺织厂工作，在苏技术员监狱附近的一家水泥厂里找了份临时工。

后来有同学去水泥厂看过小麦，他们回来说：小麦脑子进水了，水泥厂根本不是人能待的地方。我们不太了解水泥厂的具体工作流程，但每次走到水泥厂附近，我们都会用手掩鼻，快速通过，哪怕是远远望一眼水泥厂方向，也会被水泥厂上空滚滚的浓雾所惊骇。可小麦硬是辞了纺织厂的工作，去了水泥厂，就是为了探视苏技术员方便。

在那三年时间里，小麦把干临时工挣来的工资都用在探视苏技术员身上了,买烟、买酒,还有一些好吃的。只要到周末,小麦总是雷打不动地去探视苏技术员。

满三年后,苏技术员从监狱里出来了。一个辞去工作,一个犯罪被判刑,他们双双失去了工作。苏技术员出狱没几天,便带着小麦一猛子扎到南方去了。

20世纪80年代中期,改革开放刚刚开始,南方沿海一带,改革的大旗正迎风飘扬,吸引了许多淘金者。苏技术员和小麦在无奈的情况下投身到了去南方淘金的大军中。

起初他们把广州、石狮或温州的服装倒腾到北方,然后再批发给北方的服装贩子去零卖。

那一段时间,我们经常看到小麦和苏技术员去南方进货,他们身上带着成捆的现金,大都是十元一捆的。为了安全,小麦像身披子弹袋一样,把一捆又一捆钱捆在腰间,乘火车,搭汽车一次次往返于南方和北方之间。水泥厂三年的临时工,历练了小麦,她身体壮硕,两个帆布提包搭在胸前,另两只甩在背上,手里还提了两只。她气喘吁吁,额头鬓角流出的汗像小河一样,她全然不顾地驮着一批又一批的衣服从火车站里走出来。

小麦驴呀马呀地干了一阵子,又干了一阵子,他们似乎挣了些钱,在城南刚开发的一片商品房里买了一处房子。不久我们又听说,她和苏技术员结婚了。小麦结婚时,没有宴请,我们无法知道他们结婚时的场面。但我们还是为小麦终身有靠感到欣慰和高兴。

再后来小麦不再倒腾服装了,而是改卖了电子产品,那会儿电子产品是个新鲜事物,电子表、计算器很流行,也很好卖。终于小麦和苏技术员发达了,他们不仅倒腾,还搞起了自己的实体店,经营从南方贩来的流行电子产品。

小麦有了自己的实体店,我们经常路过他们的店面,有时会走进去,隔着柜台和小麦说上几句话。小麦俨然一副老板做派了,戴金项链、金镯子,亮闪闪的,晃得人直发晕。她雇了一些员工,都是一些小女孩,这些小女孩见了我们也都客气,哥长哥短地叫。有时,我们离开小麦的店时,小麦总是随手从柜台里拿出一件电子产品硬塞给我们,不要都不行。这弄得我们非常不好意思。后来,我们都不再敢进她店门了。再次路过,我们只是远远地朝店里望一望,每次差不多都能看见小麦站在自己家店里,披金戴银地在指点江山。

苏技术员负责进货,小麦负责销售,两人这种配合相得益彰,男耕女织是多么幸福动人的生活画卷呀。

突然,有一天我们听说小麦被公安局拘留了。细问原委才知道,她把苏技术员给阉了。原来,苏技术员在外面找了个小三,也许小麦早就有所察觉了,甚至也有了证据。在一天夜里,她潜入小三家中,钥匙她提前配好了。她闯入小三家中,正撞见苏技术员在和小三翻云覆雨,她当下用一个空啤酒瓶子把小三砸晕,破碎的酒瓶子留给了苏技术员。她用锋利的啤酒瓶子把苏技术员阉了。据医生断定，苏技术员这辈子再也做不成男人了。

小麦犯罪了。

她以故意伤害罪被判了有期徒刑十年。她被警车拉到了水泥厂附近的监狱里去服刑。

小麦经营的那家专卖电子产品的实体店还在，我们偶尔路过，都会停下脚步向里面观望一阵子。生意大不如以前了，几个女店员或站或坐地聊天说笑。苏技术员搬了一张椅子坐在门口，两眼无神地望着门前过往的人群。

不久，这家店消失了，变成了一家小超市。物是人非，从那以后，我们再也没见过苏技术员，不知他去了哪里。

后来我们再路过那家超市时，就会想起小麦那家店，以及她穿金戴银指点江山的样子。从马小春又到苏技术员，走了一圈，小麦又回到了刚出发的地方。

十年之后，小麦会从监狱里出来，她出来后还会干什么？我们都替小麦操着心。

女孩郑小西

同学郑小冬的姐姐在高二那一年,猛不丁地就漂亮起来了。

郑小冬的姐姐叫郑小西,说她漂亮是在我们眼里变漂亮了,那一年我们上初二,我真切地看到张棉远和朱革子这爷俩嘴唇上已经长出了一层绒毛。这一发现吓了我一跳,我跑回家,用肥皂使劲搓了几回脸,找到一面镜子观察自己,结果发现自己的嘴唇上方也长出了一层细细的绒毛。

从那天开始,我发现自己变了,骨头节咯咯作响,一双眼睛再看这个世界时,什么都变小了。就在那年的一夜之间,我们发现郑小冬的姐姐郑小西很漂亮。

郑小西一张圆脸,眼睛很黑,梳短发,一双健美的腿饱满而有力。郑小西是我们校队的短跑运动员,每次开运动会,女生中的短跑冠军都是她。郑小西因为冠军得得多,在我们学校里很有名。

郑小西不仅跑得快还漂亮,自从我们发现郑小西这些优点后,我们便开始在郑小西面前晃悠。比如,放学时我们骑自行车快速地超越郑小西,然后耍杂技般地在自行车上做出各种动作;还有,我们只要一发现郑小西,就开始大声地讲笑话,偶尔穿了件新衣服也要在郑小西面前显摆一下。总之,我们想到了各种办法,就是为了能够吸引郑小西多看我们一眼,但结果郑小西一眼也不看我们。

　　郑小西穿灰色运动衣裤,白色球鞋,经常把袖子撸到肘部,不论是上学还是放学路上,她一直在奔跑。郑小西矫健奔跑的身影给我们留下了深刻的印象,她就像一只梅花鹿,奔腾跳跃。

　　她弟弟郑小冬说,他姐姐要考市体校。考上市体校就是半个专业运动员了,不用下乡,只负责比赛,体校对这些运动员管吃管住,还有一定补助。

　　郑小西目标明确,有的放矢。在我们眼里,她总是一路在奔跑,美好的身姿在我们眼里进进出出,忙得连正眼看我们的时间都没有。

　　为了让郑小西多看我们一眼,我们想出各种招数都不见效。我突然想到了整蛊郑小冬。郑小冬是郑小西的弟弟,郑小冬不舒服他姐肯定会管,只要她出面,郑小西就得和我们说话。这么想过之后,那天放学我冲郑小冬说:放学你坐我自行车,我带你。

　　郑小冬没有自行车,上学放学他只能走来走去。他经常赖着脸皮央求我们带他。我们没人带他,他就一脸讪然。我主动说出要用自行车带他,郑小冬一张脸都红润起来了。

放学时,他一猛子坐到了我车后座上,弄得自行车往前一冲又一冲。我一路疯骑,激动得郑小冬哇哇大叫。快到郑小冬家门口了,我在胡同口停下车,郑小冬恋恋不舍地跳下来,我一条腿点地,一条腿仍骑在车梁上,冲郑小冬说:一会儿你姐到家,你把你姐叫出来。

郑小冬不解地问:找她干啥?

我说:有事。

郑小冬看我一眼,没点头也没摇头,转身就往胡同里跑,书包打在他的屁股上,上下翻飞。

我躲在一旁,看着郑小西走进了胡同,可是过了好久她也没出来,郑小冬也没了踪影。我踹一脚自行车后轮,一溜烟回家了。

第二天,郑小冬一直不敢看我,我一看他,他就把头低下去。我招呼了张棉远和朱革子等人,放学我们一路走,就在郑小冬家门口那条胡同里截住了郑小冬。郑小冬一看我们,想撒腿跑,朱革子一下子拽住了他的脖领子,我上去就踢了他一脚。

我说:郑小冬你骗人。

郑小冬不说话,大口地喘气,脸都白了。

朱革子放开郑小冬的衣领,结结巴巴地说:你、你、你姐姐,有啥了不起,叫叫她怎么了?

我把朱革子扒拉开,站在郑小冬面前,伸手打了他一个耳光。

张棉远和朱革子见我动手了,也过来象征性地踢了两脚郑小冬。

我白了他俩两眼,他俩惭愧地把头低下去。

我冲郑小冬说:你姐回来告诉她,我把你揍了。说完,又踢了一脚郑小冬的肚子。

他一弯腰,装着要蹲下去,身子刚蹲了一半,他就像兔子一样往前一蹦,撒腿就跑,书包在他屁股上叽里咣啷的。

我以为欺负了郑小冬就会引起他姐姐的注意,甚至会来找我算账,结果什么也没发生。我就用眼睛去找郑小冬,郑小冬又把头低下去,冲着裤裆算账。

五一之后,天气暖和了,我们最后一节课是自由活动,学校操场上活跃着一批像郑小西一样的体育爱好者,当然,郑小西也在其中。她像小鹿一样,在操场上跑来跑去,还不停地冲刺,奔跑一阵,她就躲在一边在一个双杠上压腿,她能把自己的脚放到双杠上去,身子一弯一弯地往前够着,她的身姿无比曼妙。

我和张棉远、朱革子几个人坐在操场边的椅子上看着郑小西。我从上衣口袋里掏出那支"英雄"牌钢笔冲张棉远和朱革子说:你们谁能过去和郑小西说句话,只要她搭话,我这支笔就送给他。

这支笔是我上初二那年,姐姐给我买的。在我们同学中,还没有人用过"英雄"牌钢笔,我们班主任贾老师看过我的笔,他拿在手里左看右瞅之后说:这是好笔。在那一阵子里,我为拥有"英雄"牌钢笔而自豪。听说我们校长也有一支"英雄"钢笔,但我们没看过。

张棉远和朱革子听我这么说,脸红一阵白一阵的,两人搓着手,望着我手中的笔四目放光。

我又摇了一下手中的笔:只要郑小西说话,我立马就给。

张棉远舔了舔嘴唇,一颤一颤地向郑小西走去。

郑小西正在压腿,压完左腿又压右腿。张棉远走到郑小西近前,回头看了我们一眼,又转过头去说:郑小西,你干啥呢?

郑小西扭过头去,连正眼都没看张棉远一眼,该干啥还干啥。

张棉远又回头望了我们一眼,然后继续说:郑小西,你别把自己当回事,说句话咋地了。

这次郑小西不仅没有理张棉远,还收回腿,拿起搭在双杠上的外衣向另外一边走去。受挫的张棉远红头涨脸地走回来,干干巴巴地说:这郑小西太不像话了。

朱革子站起来,望了眼我手中的笔,又回头望了眼走远的郑小西道:我我我去……说完就吊着肚子、弓着腰向郑小西走过去。

朱革子一点点在接近郑小西,他一直没回头看我们,终于他站到了郑小西面前。郑小西站在夕阳西下的操场上,在左右活动

216

腰肢。

朱革子先是仰起脸冲郑小西不知结巴了句什么,还蹲下身,伸出手去摸了摸郑小西的白球鞋。这才站起来,又冲郑小西说了句什么,郑小西和他说话了,还拍了拍他的肩膀。朱革子很温顺地点了点头,然后就吊着肚子快步地跑过来。他站在我面前呼哧带喘地说:郑郑郑小西和和和我说话了……

然后,他伸出手来要抓我手里的笔。我收起笔问张棉远:朱革子说话我们看见了,郑小西和他说了吗?

张棉远望着朱革子又虚虚地看着我说:说了,真说了,石钟山你说话要算话……

的的确确郑小西和朱革子说了话,她还拍了朱革子的肩。我又从身后拿出笔,晃了一下道:朱革子,郑小西和你说什么了?

朱革子说:我我我说说石钟山让我来来来你说话。

我站起来盯着他眼睛问:那她说什么了?

朱革子说:她她她说说,她她知道了,让让我回来……

我的目光越过朱革子的肩膀去望郑小西,郑小西已经走了。

朱革子从我手里抓过笔,一溜烟地走了。张棉远也走了。那一刻,我脑子开始晕了。

从那以后,不知为什么,郑小西在我心里别样起来。也就是从那次开始,我再没欺负过郑小冬,虽然损失了一支钢笔,但我内心里一直很感激朱革子。不论在哪儿,只要一看到郑小西,我就觉得她在默默地看着我,我浑身就有一种莫名的兴奋和冲动。

不久,郑小西终于如愿地考上了体校,从此,我们很难再见到郑小西了。市体校是我经常光顾的地方,那里有个专业运动场,有四百米专业跑道,还有一些看似很专业的器材。我经常隔着铁栏杆看郑小西训练。每次来总是偷偷摸摸的,生怕郑小西看见我。

我高中毕业那年,突然听说郑小西出事了,让人家泼了硫酸,被毁容了。这件事我是从郑小冬嘴里听说的,有个冰球队的运动员喜欢郑小西,郑小西不同意,那个冰球运动员就把硫酸泼到了郑小西的脸上。

从那以后,我看见过几次郑小冬搀着郑小西去医院检查换药。郑小西的头上脸上缠满了纱布,她低着头在郑小冬的搀扶下匆匆地去,又匆匆地回。

又过了一阵子,郑小西脸上的纱布不见了,只要我们见到她,不管是什么季节,她的头上都会裹着一条纱巾,有点像中东的妇女。

后来,我们高中毕业,各奔东西,但郑小西的名字和她梅花鹿般的身影不时地在我的脑海里活跃。在这期间,郑小冬来信说,他姐姐嫁人了,嫁给了一个工厂烧锅炉的离异中年人。听到这个消息,我心里疼了好一阵子。我更加恨那个泼硫酸的男人了。

硫酸事件发生后,我们从法院的公告栏里看到过那小子被判

218

刑的布告。我从此也记住了那小子的名字：马深。这个该死的马深被判了十年徒刑。

也就是十年后，我们同学聚会，朱革子那天喝了点酒。十年后的朱革子人胖了一些，肚子不再吊吊了。他伸出手搭着我肩膀说：石钟山，你知知知道道那那天我我和郑小西说了什么吗？

我没说话，望着朱革子。

朱革子拍拍我的肩膀说：我我我先先说，姐你好，我我是郑小冬的同学。

我望着朱革子。

朱革子又说：她她冲我笑了一下，我我我又说，姐，你的球鞋真真真好看。我我就蹲下身摸了她的球球鞋。

我说：那她对你又说什么了？

朱革子笑了，笑得呵呵的，张棉远低下头想笑又不好意思笑那种。

我说：朱革子你快说！

朱革子就说：她她拍了我肩膀冲冲我我说，你别和石钟山学坏了。我我说，嗯那姐……

我看着朱革子一张坏笑的脸，恨不能再抽他一个嘴巴子。

虽然知道了当年事情的真相，十几年的时光过去了，可我还是忍不住想起那个健美阳光又孤傲的郑小西。一想起她嫁给烧锅炉的离异男人，我的心里就有一股说不清的滋味在蔓延。有时我做梦都想,如果郑小西不被那个男人泼硫酸,她以后的生活又会是怎样的?

枪声嘹亮

　　每个男孩子的成长,都有过痴迷枪的经历。枪——冰冷、坚硬,有很强的破坏性,它像一个成长中的男人。男孩子们追捧枪也就不足为奇了。

　　我们的同学孙大来一直吹嘘他打过枪,那时我们刚上小学四年级,我们一直认为孙大来在吹牛。于是孙大来就把打枪的经历吹得有鼻子有眼。他说上三年级时,他爹高兴,带着他去山里打过一次猎,是开着吉普车去的。绿色的吉普车我们不稀奇,当年我们军区大院有许多绿壳子吉普车跑来跑去。我们头疼脑热的要看医生,我们的父亲曾动用过这种吉普车送我们去过医院。孙大来又说,他爸在那个寒假里带他出去打猎,他爸用的是长枪,给他使了一回手枪,他一共打了三枪。父亲用长枪打的是动物,他用手枪打的是树。

　　我们一致认为孙大来在吹牛。他很委屈的样子,然后急赤白脸地争辩道:那枪老响了,劲很大,差点从手里蹦出去。我们就笑,打死也不相信孙大来打过枪。那会儿,全国正在备战备荒,所有的军人都配了枪,当时军区规定,团以上干部要枪不离身,二十四小时时刻准备着。我们的父亲或者母亲,每天从军区机关卜班都会把枪带回到家里。枪是个冷冰冰又沉甸甸的家伙,我们这些男孩子对神秘的枪充满了向往,可我们的父母似乎对枪很嫌弃的样子。一回到家就把枪锁在抽屉里,我们多看一眼,都会遭到父母的训斥,仿佛那一把精致的枪是瘟神。

孙大来如果说看过枪,摸过枪,我们肯定信,因为他父亲是军务部的部长,职务是师级,他爸有权也有义务把枪拿回到家里,让他摸一摸看一看,这种情况不稀奇。我们对当年流行的绿皮子吉普车和乌黑发亮的手枪已经司空见惯了,车我们坐过,枪我们肯定没有打过。孙大来说他打过枪,我们不仅不相信,明知他在吹牛,我们也充满了嫉妒。

在那个年代,我们太痴迷枪了,我们从小到大都是看着战争片成长的,早一点的《地道战》《地雷战》,到后来的《南征北战》《上甘岭》,还有看不懂的《第八个是铜像》都和枪有关。战争场面一开始,枪声嘹亮,炮弹的轰响此起彼伏,我们激动,我们热血澎湃,当然也心潮澎湃。这是我们童年最神圣的向往,向往自己能成为战火中的英雄。

我们不相信孙大来的原因有很多,首先,孙大来这人爱吹牛。

222

有一次,他姐带他去了一次山东,爬过一次泰山,带他去泰山顶上看日出。回来后,他就跟我们吹嘘,说他摸到天了。我们就问:天是什么样的? 他认真地说:天是硬的,邦邦硬,像家里做饭的锅。刚开始我们相信了,有一段时间我们抬头望天,看天上的浮云,看星星看月亮,想着它们的硬度。后来有一天我们看到了一本自然科学的书,书上描绘了地球还有宇宙,我们才发现孙大来在吹牛。当我们把那本自然科学的书放到孙大来跟前时,他还嘴硬,说写那本书的人一定没去过泰山,没有摸过天。我们气得恨不能暴揍一顿爱吹牛的孙大来。孙大来就是个煮熟的鸭子,心烂嘴不烂,他那张嘴死犟死犟的。

我们集体不相信孙大来,这让孙大来的自尊心受到了严重的挫伤。有一段时间,他上学不和我们同路了,放学也是,就是在课间梗着脖子也不正眼看我们。

直到有一天中午,我们放学回家吃过午饭,正准备去学校。孙大来用手捂着裤裆,好像有个东西塞在裤裆里,他弯腰弓背地小心护卫着,热情主动地拉着我们就走。我们不明白孙大来这是要干什么,他的样子神秘又激动,话都说不完整了,他一遍遍地说:走,快走,快走啊……

他激动的样子,仿佛马上就要哭了出来。在孙大来这个爱吹牛家伙的引领下,我们来到了军区大院的防空洞里。当年全国人民响应毛主席的号召:深挖洞,广积粮,备战备荒为人民。全国人

223

民在九百六十多万平方公里的土地上,挖出了许多洞,全国几亿人有一段时间和地球干上了,把防空洞挖得很深,纵横交错,为的就是防美苏两霸的原子弹。我们学校和军区大院进行过防原子弹的演习。在学校时,我们趴在地上,用毛巾捂住脸,屁股撅起,我们像一只只遇到危险的野鸡,顾头不顾腚地趴在学校的操场上。我们军区大院的演习就要高明多了,防空警报一响,家家户户都钻进防空洞里。我们大院内的许多地道,都挖到了每家每户,有的家里地板下就是地道,掀开木板就可以钻进去。后来天天喊着防空,却不见真有原子弹落下来,人们紧绷的神经就松弛下来,居然有不少人家,把自家的防空洞当成了菜窖,放一些萝卜白菜和土豆。把防空洞弄得臭气熏天的。

孙大来那天中午,把我们拉进了防空洞,这个防空洞平时当作演习用的,我们都进去过,对这里的一切并不陌生。

孙大来一进防空洞,先是从裤裆里摸出一支手电,手电打开的瞬间,他又从裤裆里摸出一把枪来。六四式手枪,乌黑锃亮,枪身上还闪着油光。孙大来一手握枪,一手握着手电,他的样子就像一个双枪将军。此时他的声音已经不抖了,他挺着腰杆豪气满天地说:怎么样,我没吹牛吧!

在那天中午,我们相信了孙大来说的话,因为枪就在他手上。后来,他把手电交给我,我就像一个警卫员似的为孙大来照着亮。孙大来半生不熟地捣鼓着那支枪,先是把弹匣卸下来,弹匣内有

224

子弹四颗,晶黄饱满,沉甸甸的;又拉开枪膛,里面又蹦出一颗,一共有五颗子弹。我们眼见为实,这次彻底相信了孙大来。

五颗子弹,我们正好是五个人。孙大来牛气哄哄地用指头在我们头顶一一点过,连点了三遍,还是五个人。孙大来就咧着嘴说:咱们五个人,一人一枪。于是,我们设计了种种的射击办法,一枪还没发,就已经激动得差点晕过去了。

孙大来打的第一枪,他像一名教练一样给我们做着示范,他双手举枪,我打着手电,让手电光柱顺着防空洞的尽头射过去。防空洞没有尽头,光柱在前方不远处模糊了,孙大来豪气冲天,牛气哄哄地冲着光柱瞄着,瞄了许久,换了许多姿势后,那石破天惊的一枪终于响了。瞬间,火药的气味弥漫开来,这气味刺激着我们,让我们嗷嗷大叫。这一声枪响太嘹亮了,震得我们耳朵嗡嗡作响。

我们五个人,五发子弹,足足在防空洞里折腾了一个下午,又一个晚上。当我们拖着疲惫的身躯爬出防空洞时,我们才意识到军区大院出事了,而且是大事。

我们先看到到处警戒的士兵,大门口不仅站了双岗,还有人全副武装地在那里检查每个进出大院的人。家属区的楼下,也可以看到流动的士兵,他们排着队,头戴钢盔,手持冲锋枪,迈着整齐的步伐,咔咔地走过。

我们不知发生了什么,严肃的气氛让我们既紧张又兴奋。我冲一个路过的军官打听:叔叔,这是演习吗?

那个军官没搭理我,指挥着一队士兵咔咔地在我眼前走过。

我们五个孩子,不敢在院内久留了,都回了各自家。

进了家门姐姐告诉我:军区大院出大事了,白天进来了特务,把孙部长的枪给偷走了。听了姐姐的消息,我脑子一下子蒙了,孙大来成了特务。现在全院官兵正在抓他,我为孙大来捏了一把汗,如果孙大来是特务,我们就是孙大来的同谋了。害怕和恐惧让我没敢说出事情的真相,我灰溜溜地钻进自己的房间躺到了床上。姐姐以为我被特务吓着了,进门还摸了摸我的脑袋,安慰我道:别怕,咱们楼下就有巡逻的士兵,特务不会怎么样的。

我在黑暗中点头,表示同意姐姐的分析,姐姐又摸了一下我的头出去了。白天的兴奋劲彻底过去了,恐惧和疲劳袭击了我,我眼皮发沉大脑不听指挥,迷迷糊糊马上就要沉睡过去。突然听到窗外,后面那幢楼下,传来狼嗥一样的声音。我猛地坐了起来,推开窗户,看见孙大来家楼下聚了一堆人,有军人也有家属,孙大来被绑在一棵树上,他的亲爹、孙部长挥舞皮带不分脑袋屁股地正在抽他,是孙大来发出的狼嗥一样的叫声。孙大来那个可怜的妈拖挲着手站在一旁,不知如何是好地哭泣着,周围所有的窗户都开了,探出无数颗脑袋看着楼下这一幕。

后来有人抱住了孙部长的腰,孙大来的妈可能反应过来了,一下子扑在孙大来的身上,悲怆地喊出一句:要打就打死我吧!

孙大来的妈这声呼喊像一名共产党员说的话。我心想:这下孙大来得救了。

孙部长也悲怆地喊出一句:你个小犊子是想毁了我呀。

那天晚上的场景到此就戛然而止了。

第二天早晨,我们在上学的路上看到了孙大来,他的脸上被红药水和紫药水差不多涂满了,拐着一条腿,书包挂在脖子上,他就像一个伤兵。我们对孙大来顿时肃然起敬,他冲我们笑,露出一口白牙,很坚强的样子。

那件事情发生后没多久,我们听说孙大来的父亲受到了一个不重也不轻的处分。又过了没多久,孙大来的父亲被调到外地部队去任职了,孙大来的家也搬走了。从那以后,我们失去了爱吹牛的同学孙大来。

也就是从那次以后,所有军官的枪都被收回了,由机关统一保管。

一直到高中毕业,我们再也没了孙大来的消息。许多年过去了,我们同学聚会,在一家饭店里弄了个包间,昔日的我们,再看着彼此时,都发现我们有了许多变化——头发稀疏、小腹隆起,一晃人到中年了。我们先是来了四个人,其中一个人神秘地告诉我们:一会儿还有一位重要同学要来,今晚的聚会就是他张罗的。我们不知底细的三个人就胡猜乱猜,谁也没想到过孙大来。我们正猜着,突然一个人推开了包间的门,中年的孙大来就这样站在

227

了我们面前,他还像当年那样笑着,露出一口白牙。我们一阵惊呼:孙大来……我们做出要扑过去拥抱状,孙大来用手势制止了我们,从后腰处先掏出一把枪,"砰"地拍在桌子上。我们一惊,孙大来一笑道:别害怕,我现在是警察,这东西放在身上碍事,影响喝酒。

我们一起冲孙大来笑了。

那天晚上我们喝了许多酒,直喝得两眼充血,双腿不听使唤。就是喝了那么多酒,喝得孙大来满嘴都跑火车了,走时他仍旧没忘把放在桌上的枪收起来,一丝不苟地把枪插在腰间的枪套里。在饭店门口分手时,我们依次拥抱了孙大来,我们拥抱他时,都拍一拍他腰间的枪,小声地说:哥儿们,没想到这么多年过去了,你还和它打交道。

孙大来冲我们挥手告别,重重地拍了下腰间的枪道:枪是什么,枪是男人。然后潇洒地转身,我们目送孙大来远去时,他的背影坚挺而又有硬度。

从那以后,我们和失踪多年的孙大来有了联系,隔三岔五地就要见一下。在我们这些人中,孙大来的作风很坚硬,不像一个人到中年的人。后来时间久了,我们终于悟出,之所以孙大来和我们不同,是因为他身上佩了枪,枪让孙大来坚硬着,像一个真正的男人。

防空洞里的爱情

上小学二年级时,我们军区大院里发生了一件大事。

郑小菊的姐姐和王大旺的哥哥失踪了。我们得到这个消息时,正是放暑假的日子,开了学我们就要升入三年级了。那一年,郑小菊的姐姐和王大旺的哥哥已经高中毕业了。高中毕业后,他们将面临三种选择:第一种是上山下乡,接受贫下中农再教育;第二种选择就是留城当工人;当然还有第三种选择,就是入伍当兵。以前军区大院子弟高中毕业,大体就是这三种选择。

结果郑小菊的姐和王大旺的哥,这三种哪条也没选,而是选择了谁也想不到的招数:失踪。

两个高中毕业生一起失踪,不论在哪里、什么年代都是大事,尤其是一男一女两个豆蔻年华的男女失踪。这引起了种种推测。两个人失踪后,这一男一女的爱情才渐渐浮出水面。根据好事者提供的信息,两个人在谈恋爱。这种苗头以前被忽略了,随着两人失踪,便水落石出了。

现象一:两人是八一中学的同学,年龄相当,一男一女。

现象二:好事者提供,两人上学时经常一起走出军区大院,两人又一同走回来。

现象三:有好事者还发现,两人一同看过电影,进电影院前两人手拉着手,出来时,两人仍手拉着手,走出电影院门口时,手就分开了。

现象四:郑小菊的姐姐毕业后想去参军,王大旺的哥哥缠着父亲让父亲托人也把自己送到部队里去。

…………

综上所述,种种迹象表明,两个高中毕业生,原来是一对恋人。两人又一同失踪,更加验证了人们的判断。恋爱不稀奇,两人高中毕业了,马上就要把自己的青春投入社会的洪流中去了,恋爱也属于正常关系,可两人一同失踪,就没有人能够理解了。

双方家长,满院子的热心人,甚至发动了同学和老师,都在寻找这对失踪的恋人。

三天以后,仍没有找到,双方的家长就去了派出所报案,警察们也帮忙寻找,找了一气,又找了一气,最后仍然没有个结果。双方家长在那一段时间里,常常以泪洗面,唉声叹气,家里的焦急和亲人们的声声呼唤仍没能喊回两个失踪的孩子。

半年过去之后,两个孩子失踪的事件,渐渐在人们大脑中退去了,因为有更多的事需要人们去关注。只有自己的父母,无法忘却这两个失踪的孩子,那一阵子,我们经常看到两个母亲站在军区大院门口,她们互相搀扶着,望着马路上的车流人流,巴不得两个孩子一下子从人流里冒出来。然而这样的奇迹并没有发生。

有好心的人见了这两个母亲就劝慰,说的都是吉利的话。比如,两个孩子也许躲到什么地方生活去了,年少不懂事,也许等懂事了,他们自己就会回来的。也有人说:说不定两人去了越南,支援越南抗击美国侵略者去了。因为那会儿,有许多年轻人都梦想着去越南,加入越南抗击美帝国主义的阵容中去,许多年轻人在边境线上被抓了回来。甚至有人说:两个孩子说不定去了香港。因为那会儿往香港偷渡的人很多……种种劝慰猜测,说得花红柳绿,人们都不愿意提及那个意外。因为,人们没有理由想到那个意外,活不见人死不见尸,人们总是往好里去想。

我们班的郑小菊和王大旺在最初失去姐姐哥哥的噩梦里,情绪消沉了许多日子。两人以前不怎么说话,就是因为姐姐哥哥的失踪,两个人一下子走近了。上学时两人在一起,放学了,两人还在一起,两人一起嘀嘀咕咕,神情严峻,我们一走近,两人就不说话了,很戒备地望着我们。

那会儿,只要我们男生和女生多说几句话,就会传出许多是非来,例如,谁和谁好上了,谁和谁交朋友了。因此,我们最忌讳的就是男生女生之间的来往,仿佛男生女生一好,就犯了大忌,就要遗臭万年。我们男生装得就跟小公鸡似的,伸长脖子,见到女生目不斜视,女生见到我们也是凡人不理的样子,那时我们的男生女生就像水与火,永远不会交融。只有郑小菊和王大旺是个例外,他们各自的姐姐哥哥都失踪了,两个人有理由也有权利在一起嘀嘀咕咕,甚至牵手走路,我们都可以原谅和理解,因为同病相怜,需要互相鼓励和抚慰。

直到两年后的某一天,记得是四年级放暑假,开学就上五年级了。某一天,我们在院里踢球,一个同学不慎,一脚把球踢到了防空洞的排气窗里,那个排气窗建在离地面有一米多高的地方,四周由百叶窗样的木板组成,因年久失修,木质的百叶窗已经腐烂了,足球打在上面,百叶窗碎了,足球掉进了通风口。我们相互埋怨着,都不愿去捡那只足球,最后还是王大旺钻了进去,他刚一钻进去,便“妈呀”大叫一声又爬了出来,他的样子像是一只被踩到了尾巴的猫,瞪着眼睛,惊慌失措,一张脸都白了。许久,他才大叫一声:里面有死人。我们一听,轰的一声就散了。

最先来到现场的是军区机关保卫部的人,他们七手八脚地将通风口拆了,众人七手八脚地从通风口里抬出两具尸体,确切地说,是两具无法分开的尸骨,人虽然死了,但他们的尸骨仍然紧紧相拥着……

事情很快就水落石出了,这两具尸骨就是失踪已经三年的那两个年轻人。当郑小菊和王大旺的母亲来到现场时,她们一下子就晕了过去。她们认出了各自孩子的遗物:一块手表,还有一个粉色的塑料发卡。手表是王大旺哥哥的,据他母亲后来哭诉:这只表是他爸爸给他买的,上海牌,刚戴上三天时间。郑小菊的母亲:那只发卡是女儿的,当年自己去上海出差带回来的,事发时也是刚刚送给了女儿。

后来警察也来到了现场,又是拍照,又是取标本,说是回去还要化验,不管化不化验,这两具尸首已经没有任何异议了,他们就是失踪了许久的郑小菊的姐姐和王大旺的哥哥。谁也没有想到,两个可怜的孩子会命丧防空洞的通风口。

后来我们分析,两人通过通风口要钻进防空洞,那里宽大、安静,非常适合谈恋爱,就是外面找翻天也不会找到他们。也许在里面待得太久,缺氧或沼气中毒,两人才没能走出防空洞。不论怎么说,两人凄美的爱情故事还是轰动一时。许多地方上的青年,都在流传军区大院这对恋人的故事。凄凉而又艳丽,像天边的一抹彩虹,虽然生命短暂,但绚烂无比。

许多年过去了,我们仍然忘不掉这两位哥姐的故事,我们一次又一次想象着那一天的防空洞里究竟发生了什么,两个青年男女又做了什么,我们浮想联翩,心中充满了向往和敬意。

高中毕业那一年的暑假里,我们各自都在为了前途而奔波时,突然郑小菊和王大旺找到我们,那一次几乎把我们院内的同学都聚齐了。他们两人当着我们的面郑重宣布:两人恋爱了。我们望着郑小菊和王大旺,既不吃惊,也不意外,我们都很平静,想起他们的哥哥姐姐,就是在我们这个年龄为了爱情离开这个世界的。

没想到,郑小菊和王大旺的父母对两人的爱情宣言异常支持,双方的家长似乎想通过两个孩子的联姻,让他们更永世不忘失去的两个孩子。在我们的眼里,郑小菊和王大旺的爱情对他们的哥哥姐姐来说是续典……

两人后来双双入伍参军,没多久,两人又一同考入了军校。他们毕业那一年,又是个暑假,两人举行了婚礼,婚礼的地点就在军区大院礼堂里。我们都去参加了,让我们感到诧异的是,婚礼的背板上,不仅写有郑小菊和王大旺的名字,同时还写着他们哥哥姐姐的名字。当两位新人,向他们的父母敬礼时,我们看到他们都流下了眼泪,还有他们父母的眼泪。我们看到此情此景,眼睛也潮湿了。

这不是两个人的婚礼,他们还代表了他们的哥哥姐姐。

郑小菊和王大旺的爱情,有哥哥姐姐绚丽的爱情相伴,他们一定会过得美好幸福的。我们都这么想着。

林小兵与军区礼堂

军区大院一共有两个礼堂,一个大礼堂,还有一个小礼堂。

大礼堂用于军人集会或者放映电影,集会和我们没有关系,每周的两次电影是我们这些十来岁孩子的重大节日,虽然播来放去的都是些老掉牙的电影,但我们仍然会乐此不疲地走进电影院。开场前台上台下便成了我们捉迷藏或玩抓特务游戏的最好时机。每次放电影,没有多少大人来看,大都是我们这些半大孩子,有几个执勤的战士为了维护秩序,台上台下地轰我们,我们把躲避执勤战士也当成了一种游戏。每周的这两次电影,是我们最开心的时候。

电影都是一些老电影,去年放了,今年又放,或者是上个月刚放过,这个月又拿出来放映,我们不仅熟悉电影里的故事,许多台词我们也能倒背如流。比如,《地道战》里鬼子说的一句台词:"各村都有各村的高招";还有《英雄儿女》里王成的那一句:"向我开炮！"……虽然我们看了这些电影无数遍，每次看还是热血澎湃。在童年，战争片是我们的最爱。

有一次电影散场，我们走出大礼堂，站在操场上。林小兵对我们说：这电影太老了，一点都不好玩。

我们没说话，表示对他这句话的认可。

林小兵又说：你们想不想看内参电影？

"内参电影"这个词我们听说过，知道小礼堂里会经常放内参电影。小礼堂不同于大礼堂，那是专门为军职以上干部设立的礼堂，每逢过年过节，军区文工团那些演员会在小礼堂演出，隔三岔五地会放一些外国片子供那些军职干部内部观看，后来，我们就把那些高级干部才能看到的片子称为"内参片"。这事我们知道，但谁也没看过。于是，我们就大眼瞪小眼地望着林小兵，林小兵就又说：上周我哥带我去看了一次内参电影，电影老好了。

我们知道林小兵的哥哥叫林大兵，现在正读高二，林大兵很少说话，不苟言笑，非常能打架，有一次我们看见林大兵和院外的几个孩子打架，那几个人把他围在中间，拳脚相加，林大兵退到一个墙角，一扭身从腰后抽出一把寒光闪闪的军刺。军刺在手，林大兵开始反击，那几个院外的孩子一见军刺，不战而败，转眼就跑得没影儿了。

林大兵是我们的偶像，他永远是冷冷的、酷酷的，很少和我们说话，我们受到了院外孩子的欺负，只要找到林大兵，他二话不说,一定替我们出头。他能打得欺负我们的孩子落花流水。在心里,我们衷心喜爱林大兵。

林大兵能看到内参电影我们并不感到奇怪,林小兵也说看过内参电影,我们一起表示怀疑,追问他内参电影长得啥样。林小兵坚定地说:里面有露奶子和亲嘴的镜头。然后林小兵又告诉我们,小礼堂有扇窗户是活的,电影开映前可以从那里偷偷钻进去。上次他哥哥带他就是从那扇窗子钻进去的。

从那以后我们经过小礼堂时,都会想起林小兵的话:内参电影里有露奶子和亲嘴的镜头。我们又想,怪不得那些老头子都爱看内参电影,我们小孩子看不到内参电影,只能看"向我开炮"的战争片,一想到这种差异,我们心里就酸溜溜的了。

一天傍晚,我们几个同学在操场上正玩抓特务的游戏,林小兵来了,神神秘秘地说:今晚有内参电影,你们想不想看? 我们当然想看,林小兵就把我们领到小礼堂外的一扇窗子前。果然,那扇窗子是活的,我们依次钻了进去。这扇窗子是小礼堂舞台后的一扇窗子,我们进去后,一下子来到了后台。林小兵领着我们,就像鬼子进村一样,偷偷又贼眉鼠眼地钻到舞台的侧幕里。每次放电影,帷幕都是拉开的,幕布堆在舞台两侧,这正好成了我们隐身之地。我们钻进幕布里,有的蹲着,有的趴着。

小礼堂内几盏灯亮着,放映员在调试机器,强光打在舞台中央的银幕上,雪亮雪亮的。我们这才发现,小礼堂和大礼堂果然

237

不一样,这里面的座椅都是沙发,沙发前还有茶几,一个女兵提着暖瓶正在往茶几上的茶杯里倒水,水声欢快,一定是滚开的水。

有秘书或警卫员搀着颤颤巍巍的老首长走进来,扶着老首长坐好。老首长头发花白,戴着眼镜,却面色红润,有的还拄着拐杖,铿锵有力地把拐杖放到沙发旁,他们互相打着招呼,询问血压啥的。这都是一些退休的老首长了,他们没有领章和帽徽了,只有一身军装。后来我们一直不明白,这么大岁数的老首长,为什么爱看内参电影。

不一会儿,几个戴领章帽徽的首长走进来了,他们年轻,不用人搀扶,走在地上,腾腾作响。我认出来了,有孙副司令,还有李副政委。几个真正首长一落座,小剧场里的灯光立马就黑了。电影随后开演了。

所谓的内参电影,其实一点也不好看,黑白片,都是大鼻子卷头发的男人或女人,虽然是译制片,讲的也是中国话,可他们说的话,我们却听不懂,像背书一样。因为我们是躲在侧幕里,要把头抬得很高才能看清画面,银幕离我们又近,电影里走来走去的人,弄得我们头都发晕。林小兵所说的露奶子和亲嘴的镜头根本就没有出现,我们觉得上当了,于是,我们把林小兵的耳朵提过来说:你骗人。林小兵摆了下手不耐烦地说:还没到呢,急什么,不想看你们出去。于是,我们又捺着性子伸长脖子等着那些镜头出现。

238

王大旺趴在地上，头一点一点的，他终于失去了耐心，都快睡着了。正在这时，林小兵踹了王大旺一脚，王大旺抬起头来，电影里果然出现了一对男女在亲嘴，此时小剧场里极其安静。王大旺在迷糊中，突然抬头看到这一幕，一定是忘记自己身在何处了。他突然大叫了一声。

这一声大叫暴露了我们，电影立马停止了放映，随即整个剧场的灯都亮了起来。几个执勤的士兵把我们从帷幕后提溜了出来，捉住我们的后衣领子，从小剧场正门的台阶上推了下去。我们屁滚尿流地逃离了小剧场。

有了那一次在小剧场看所谓内参电影的经历，我们一致认为内参电影一点也不好看，看了头晕不说，还恶心，两个嘴巴子在一起啃来咬去的一点也不美好。我们把接吻称为口水战。

林小兵并不赞成我们的观点，他很鄙视地对我们说：你们不懂。他说这话时，仿佛他是那些老首长，我们不懂就他懂。我们不想和林小兵掰扯这些，我们照样看我们喜欢的已经看了无数遍的战争片。

林小兵很少和我们看这些片子，后来小剧场那扇窗子被钉死了，林小兵也看不到内参电影了，于是他就看一些有亲嘴的书。他书包里永远有一本我们看不懂的书，他说是外国人写的。我们不喜欢大鼻子又卷毛的外国人，对林小兵的做法百思不得其解。

林小兵看过内参电影，又看过大鼻子的外国书，果然就和我们不太一样了,他经常一个人发呆,有时冲一片树叶或一枝枯萎的花做出一副多愁善感的样子。他的样子我们很不喜欢,从那以后,我们很少和林小兵一起玩了。他有他的世界,我们有我们的游戏。

在上初二那一年,我们听说林小兵出事了——他出事的事是过了几天之后,我们才知道的。因为那几天,他一直没来上学,后来我们打听才知道他出事了。出事的原因是偷看女厕所被人发现了,派出所的人还把他带走了。

上初二的我们,觉得一个男人偷看女厕所是一件非常丢人的事情,甚至没脸见人。于是林小兵偷看女厕所的事就在我们班级及整个学校里传开了。不认识林小兵的人向我们打听谁是林小兵。因为林小兵一直没来上学,我们没法指认。

过了许久,林小兵也没到学校上学。

后来我们听说,自从发生那件事情之后,他爸爸把林小兵送到老家上学去了,他的学籍也被迁走了。从那以后,林小兵淡出了我们的视野。但林小兵的事件却没有泯灭,我们偶尔会想起偷看女厕所这件事,心里就怪怪的。

一晃我们高中毕业,有人参了军,有人下了乡,还有人工作了,林小兵仍没出现在我们的视野里,他的哥哥林大兵我们倒是经常能看到。林大兵穿喇叭裤,戴墨镜,头发烫成了卷,很高傲地在我们视线里出来进去。我们试图在林大兵嘴里打听林小兵的近况,林大兵只是用鼻子哼一哼,算是对我们的回答。人家不爱说,我们也懒得问了。

又过了一两年,我突然接到林小兵的电话,他在电话那头说:我是林小兵啊,今晚有空聚一聚,好久没见了。然后说出时间、地点,他并不想和我啰唆,"咔嚓"一声挂断电话。林小兵要请客了,这么多年没见面了,仿佛他从地底下钻了出来。因为林小兵的神秘,我们太想知道林小兵这些年是怎么过来的,所以那天我们都早早到了饭店。这是一家五星级饭店,在二楼餐厅的某个包间内,我们当年偷看内参电影的几个同学都到了。唯独没见林小兵,千呼万唤之后,林小兵终于出现在我们的眼前:花格子衬衣,喇叭裤,头发很长,手里提着"大哥大"手持电话。一进门便把手持电话往桌子上一蹾,热情地和我们每个人拥抱。

我们的询问也铺天盖地向他砸了过去,他并不答,只是说:咱们边吃边聊。后来我们一边喝酒,一边了解到林小兵这些年的生活轨迹。

他在老家读完高中,便下海经商了,到南方倒腾过电子表、牛仔裤、蛤蟆镜,后来发了,现在开了几家服装商店,正做得风生水起。那天晚上,我们都喝了许多酒,脸红脖子粗地又说了许多话,唯独没有说女厕所那件事,我们知道,林小兵忌讳这件事,打人不能打脸呢。

那天晚上,我们从饭店出来,林小兵又建议换个地方,不征求我们的意见,便把我们带到了一个卡拉 OK 歌厅。他似乎对这里的一切很熟,不少漂亮女孩子见了他,都林哥长林哥短地叫,他也不理,冲一个妈咪说:今晚来的是我最好的哥儿们,给我安排好。妈咪唯唯诺诺地出去,不一会儿带进来一群姑娘,这些姑娘穿着暴露,妖娆地站在我们面前,大胆又迫切地望着我们,弄得我们都不敢和她们对视。林小兵见我们不说话,且扭捏的样子,干脆也不征求我们意见了,手指着那些姑娘:你、你、你,还有你你你留下,其他的走人。

那天晚上,林小兵给我们一人安排了一个姑娘,那些姑娘一坐下便把身子投进我们的怀里,仿佛身上没长骨头,弄我们越发地扭捏,此时脸上比喝了一斤白酒还要红。

林小兵轻车熟路的样子,左抱一个右搂一个,一双手在姑娘的短裙下摸来荡去,并不时地把姑娘的屁股拍得啪啪作响,那些姑娘一副很受用的样子。林小兵哈哈笑着,把嘴凑到姑娘面前,和她们啵啵地接吻,惹得姑娘们也一片嬉笑。

林小兵又要来了红酒和洋酒,不停地和我们碰杯,他一手揽着姑娘的腰一手举着酒杯,干了一杯又一杯。然后他就说:这算个屁呀,是不是?

我们不知他的所指,一边笑一边说:是,是!

他把手伸到一个姑娘的怀里狠狠地搅了两下,姑娘就笑着说:林老板真坏! 嘴上虽说坏,身子却大面积地贴过来,几乎吊在林小兵的身上了。

林小兵喝多了，酒杯从他手里跌落下去，红着眼睛冲我们说：当年那点小事，弄得我人不人鬼不鬼的，我活得压抑呀。

我们都过去用力地拍林小兵的背，以示安慰和理解。

林小兵哭了，样子难过而又伤心。哭了一阵又哭了一阵，还没忘记劝我们喝酒，他一口又把半杯酒干了下去，然后摔了杯子反复说一句：那事算个屁呀，是不是？

我们点头。

林小兵拉过一个姑娘狠狠地在她嘴上亲了一口，发出很响的啵声。

从那以后，林小兵经常请我们聚会，每次聚会都会叫来一群姑娘，然后就喝醉了，每次喝醉，他都会一遍遍地说：那事算个屁呀，是不是？

看来林小兵还没走出当年厕所事件的阴影，他嘴上说"那算个屁"，他内心真把那件事当个事了。每次看到林小兵这样，我们心里都很难过。

林大兵与露天电影

1976 年中国发生了许多大事,在我们的记忆里,有两件事不可磨灭,一件事是唐山大地震,接着东北海城又发生了一场地震。那一段时间,关于地震的谣言满天飞。

我们的楼房不能住了,响应政府号召家家户户建起了防震棚,一时间整个操场、马路边到处都是临时搭建的防震棚,以家为单位,一溜溜的防震棚杂乱而又壮观。

那段日子是我们最快乐也最开心的日子,这种类似于群居的生活,让我们的天性大展。十几个二十几个孩子纠集在一起,在防震棚的缝隙里跑闹玩抓特务藏猫猫的游戏,仿佛我们此际置身于迷宫之中。

那会儿军区机关为了丰富群众的文化生活,几乎每天晚上都要放露天电影,在操场一隅,挤出一块地方。电影队的人挖空心思,把许多老电影拷贝都拿出来播放,有时一晚上就能放映两三部片子。《上甘岭》《渡江侦察记》《小兵张嘎》《奇袭白虎团》……这些老片子我们已经看过无数遍了,电影还没开场,我们就能说出一段又一段的经典台词,但每天晚上的电影还是让许多人聚集起来,银幕不分前后,凡是能站得住人的地方,都聚集着人群。长夜漫漫,老电影让我们打发着时间。

我们这群孩子,自然注意力不在电影上,而是喜欢人们聚起来的这种氛围,许多人聚在一起,像一个大家庭一样。那段时间的确这样,每天晚上,一家炒两个菜,几家的炒菜放到一块儿,几家人围坐在一起吃饭,男家长们坐在地上喝酒,女家长们说一些闲话,孩子们很快吃完饭,一抹嘴疯玩去了。

电影开演时,我们更为活跃,穿梭于人群之中,电影的光线一会儿明一会儿暗,我们也就在这阴晴之中疯跑着。

有一天晚上,我们惊奇地发现,高中毕业的林大兵先是钻进了树林,不一会儿,文工团的杜鹃也随后走进了树林。杜鹃比林大兵高一届,上初中时她就拉二胡,那时我们还上小学一年级,杜鹃的二胡已经拉得有模有样了,她拉出的二胡,一会儿高兴,一会儿又忧伤,弄得我们心里也跟着阴晴雨雪的。那几年,杜鹃只要一回到家就拉二胡,二胡声声入耳,我们的童年是在杜鹃的二胡声中度过的。后来高中毕业,杜鹃就考入了军区文工团,当了一名二胡演员。穿上军装的杜鹃一下子长大了,似乎也变漂亮了。我们再也听不见她的二胡声了,她的二胡留给了演出现场,那会儿的文工团经常下到部队里去演出,杜鹃的二胡便留给了官兵。只有到周末时,我们才会偶尔看到亭亭玉立的杜鹃穿着军装回家,她的皮鞋敲击着水泥地,发出笃笃的响声,然后一阵风似的在我们身边刮过去。美丽又高傲的杜鹃只把一缕香气留在空气中,让我们喷嚏连连。杜鹃很高傲,从来不正眼看我们这群小破孩。

那天晚上高傲又美丽的杜鹃却追进黑咕隆咚的小树林里,这引起了我们的好奇。我们一群小破孩,像侦察兵一样迅速潜入树林里,果然发现了情况。我们看见杜鹃倚在一棵树上,林大兵站在她面前,两人相距很近,林子外透过的光,让两人变成了一对剪影。远处露天电影仍在放着,不时地传来爆炸声和喊杀声。在电影声音的干扰下,我们听不见两人在说什么。两人说了一气,又说了一气,我们潜伏在潮湿的草地上,都有些忍无可忍了。突然看到,林大兵开始行动了,他的身子抵在杜鹃胸前,用手抱住杜鹃的身子,杜鹃起初在推拒扭动,后来就不动了,她的手也伸到了林大兵的后背上,两人死死勒裹住对方,仿佛是一对仇人,恨不能置对方于死地。后来他们的嘴就碰到了一起,他们的牙齿似乎磕碰到了一起,发出骨头撞击的声音。

看过内参电影的我们,对亲嘴已经不稀奇了,这次王大旺没有尖叫出声。我们都平心静气地观察着下一步两人的行动,可惜,两人就是那一种姿势,他们似乎经过一番搏斗很累了,都在大口地喘息着,像两条蹦到岸上即将干死的鱼。两人就那么抱着,呼吸声一会儿轻一会儿重。那天,我们没等来新节目,电影就演完了,我们的妈妈们开始大呼小叫地喊我们回家睡觉。我们看到林大兵和杜鹃分开了,整理一下自己的衣服,一前一后走出小树林。

这一幕看得我们心里痒痒的,有只像老鼠一样的东西在身体里乱窜,却找不到出口。我们都觉得看杜鹃和林大兵的演出很过瘾,比内参片好看多了。

从那以后,我们就开始观察林大兵的一举一动,因为找到林大兵就能发现杜鹃。那一段时间里,林大兵和杜鹃频繁地在放露天电影时约会,地点就是操场北侧的小树林里,我们暗中观看两人的恋爱成了一件非常快乐好玩的事。

有一天,我们看见林大兵终于有新动作了,他的手顺着杜鹃的衣服下摆伸到了杜鹃的身体里,两人又像干死的鱼,那么难受地喘息着,"嘎嘣"一声,林大兵把杜鹃的内衣似乎扯开了,杜鹃发出了一声低叫,林大兵用嘴把杜鹃的嘴堵上了。他的手移到了杜鹃的胸前,杜鹃又发出了一声呻吟,那样子似乎很难受也很痛苦,林大兵也叫了一声,两人一下子顺着树倒在了地上。

突然,不知谁在树林里大喊了一声:地震了……

我们一跃从潜伏地点爬起来,一边呼喊着地震,一边向操场跑去。操场上那些看电影的人也听到地震的喊声,然后也呼喊着四散着跑去,一下子乱了窝。

过了一会儿，人们安静下来，电影已经停止了放映，人们醒过神来，发现并没有发生地震，人们这才明白，是一群孩子在捣乱。我们在大人的斥责声中四散着跑开了。

我们又想起树林里双双摔倒的林大兵和杜鹃，当我们回到树林里时，那里早就没有两个人的影子了。只看到草地上压倒的一片青草。我们都有些遗憾，想揪出刚才喊地震的人，如果没有那一声喊，也许两人的电影我们还可以继续看下去，因为那声喊，最好看的电影戛然而止了。

最后王大旺承认那声地震是他喊的，原因是他看到两人突然倒下去了，震得地面都发抖了，他以为肯定地震了，不然好端端的两个人怎么会突然倒下呢。那天我们揪了王大旺的耳朵骂他是猪，才算作罢。

后来露天电影仍在放映，地震继续防。可我们再也没见过林大兵和杜鹃的身影，我们失去了最精彩的游戏，有些落寞和忧伤。后来我们又都搬回到楼上各自家里，露天电影也不再放映了。那年夏天也就结束了。

又后来，我们差不多把那年夏天的事都快忘记了，突然得知杜鹃结婚了，新郎却不是林大兵，而是机关的一名文化干事，这个干事的父亲是我们军区的副政委。

我们不明白杜鹃后来为什么没嫁给林大兵。林大兵在杜鹃结婚后，突然消失在我们的视线里。

杜鹃结婚后便搬到军区副政委家那栋小楼里，上班下班，似乎波澜不惊的样子。

　　直到我们高中毕业，林大兵又出现了，他已经二十大几了，仍没结婚，穿喇叭裤戴蛤蟆镜，头发很长，烫了卷，经常在我们面前一甩一甩的。他很少说话，仍一副我行我素的样子。

　　再后来我们又听说，林大兵和他弟弟林小兵合伙做生意，很快有了钱，最后还买了一辆二手日产汽车。

　　据我所知，林大兵是我们院里第一个有汽车的人。他的车里会经常有各式女人坐进去，又走出来，都是一些很漂亮很时髦的女人。但他却一直没有结婚。

消失的二哥

二哥在十六岁那一年留下一封信便神奇地消失了。

二哥消失前一年,曾发生过一次上山打游击的闹剧。那年二哥和院里几个同龄的孩子相约跑出大院,走出城市,搭汽车又搭火车去了辽北的调兵山。他们的目的只有一个,那就是去调兵山里打游击。在这之前他们看过许多毛主席当年在井冈山的革命故事,在小学课文里还学过《朱德的扁担》,讲的都是当年红军在井冈山的故事。心血来潮的二哥,穿着绿色的军裤,歪戴着军帽,拿着自制的火药枪,与院里同龄的几个孩子,偷偷地跑进了调兵山。

二哥他们上山打游击的季节是那年的暑假,院子里一下子消失了几个孩子,起初并没有人在意。十五岁的孩子,已经上高中了,在暑假里打打闹闹,这家住一夜,那家过一晚,这种现象也很正常。

二哥消失三天之后，才被我发现。那天我们被院外一帮大孩子欺负了，回到院里搬救兵。二哥他们这帮孩子，一直是我们的救兵。关键时刻，只要二哥这帮孩子出面，所向披靡，二哥他们在沈河区后勤大院一带，已经很有名声了，他们一挥手，附近几条街的小崽子们肝都颤。二哥他们曾经在这一带打过几次著名的群架。先是和沈河区委大院的孩子们打了一场轰轰烈烈的群仗，那一次，二哥在院内纠集了二十多个年龄差不多的孩子，在万柳公园里和同样有二三十号人的区委大院孩子对峙，他们亮出了菜刀、军刺，还有火药枪，书包里沉甸甸地装着板砖。那一次，两拨人对峙了十几分钟之后，二哥拔出军刺大叫一声冲过去，两拨人马就战在了一起。足足激战了有一个小时，最终的结果是区委大院的那帮人逃之夭夭了，地上留下了好几摊血，有的脑袋被开瓢了，有的大腿上被军刺捅出了血窟窿。我们军区后勤大院的人马也有伤情，二哥的手臂被划出了两寸多长的大口子，被送到门诊部缝了八针。还有脑袋流血的，二哥的同学二狗子的头上缠的纱布十几天之后才拿掉，总之，二哥他们用鲜血证明了自己不怕死。

还有若干次的遭遇战，那会儿区委那帮孩子总是和二哥这帮军区大院的孩子过不去，见面就打，二哥他们一见这些人，也不说话上去就打，大多时候是遭遇战，他们只能抡圆了书包当武器，他们的书包里装的已经不是书本了，而是坚硬的板砖。黄军挎做的书包在他们手里潇洒地飞舞，板砖的撞击声铿锵作响，咒骂声喊杀声和鬼哭狼嚎的声音交织在一起,景象壮观刺激。

当时,我们这些刚上小学的孩子,只是看客,看着这激战场面激动得不行。同学朱革子看这样的场面还尿过裤子。仗都打完了,朱革子才哆哆嗦嗦地说:太吓人了。我们看朱革子时,朱革子半条裤腿已经湿淋淋地坠着。我们就骂朱革子熊包,朱革子用手抓着裤裆逃兵一般地往家里跑。我们就笑,我们就多了一条瞧不起朱革子的理由了。

那年的暑假,我们挨了欺负找不到二哥帮忙,就乱喊乱叫,家长这才发现二哥他们失踪了。先是报告了派出所,又在特务连调了一个班战士出去寻找。

二哥他们那次在消失一周后被调兵山的民兵给押了回来。直到这时,我们才知道二哥他们去了调兵山。之所以被民兵发现,是因为他们偷了人家的玉米拿到山上偷烤,烤玉米的烟雾吸引了警惕性很高的当地民兵,人家就把二哥一伙给包围了,没费多大力气就把他们给拿下了。民兵手里都有枪,七九式或者半自动,民兵连长用的还是冲锋枪。二哥们一见到真家伙,手里的军刺、火药枪就派不上用场了。他们在一支支乌黑的枪口下只能束手就擒。二哥们在那年的暑假打了败仗,同时,他们打游击的美梦也破碎了。

二哥们被民兵押解回来后,遭到了各自家长的一顿暴揍,我记得父亲用皮带抽了二哥足足有十几分钟,二哥不叫,只不停地

252

在地上翻滚。父亲喘着气指着地上的二哥大声地责问:你要打谁的游击,嗯?

二哥们自知这场游击不怎么光明磊落,更不理直气壮,挨了一顿暴揍之后,他们集体沉默了。

开学之后,二哥就上高二了,他们一下子似乎就长大了。长大的标志有几点:首先他们不再像我们这帮小崽子一样乱喊乱叫了。他们很少说话,嘴唇上还长出了淡淡的绒毛,说话的声音也变粗了;他们经常把黄军挎吊在脖子上,他们腿上跨着的自行车就像个玩具,停在任何地方都不下车,两脚拖在地面上,斜着眼睛看这个世界。那会儿,我们这些小崽子太崇拜钦慕二哥他们了。

二哥又一次消失时,是他们高中毕业之后的那个暑假。二哥毕业前夕很少着家了,早出晚归的,他们那几个死党形影不离,经常聚在一起开小会。我们有几次凑到跟前去偷听,他们一见我们就一脸严肃了,然后大声地让我们滚。我们不滚,他们就斜着眼睛看我们,我们看到了二哥他们眼神里冷冷的东西,我们就害怕了。嗷叫一声就散了。我们一散,二哥他们又严肃地说事,眉头都拧在一起了,苦难深重的样子。

二哥消失的前两天,他把我叫到了他的房间,他先是把他那顶军帽戴在我头上,他的脑袋比我的大,帽子戴在我头上咣里咣当的,但我还是很高兴。我一遍遍问:这军帽给我了? 二哥点点头,想了想又把那件军上衣脱下来给我披上,二哥的上衣披在我身上像一件袍子。我悲哀地说:哥,我穿太大了,还是你穿合适。二哥就拍了拍我的肩膀说:以后你穿就合适了。二哥这么大方对我,我那天感动得差点流出眼泪来。

二哥那天还对我说:以后少惹事,要是有人欺负你,你就来点狠的,让他这辈子都怕你。

我点了点头,但又问:哥,以后你不帮我了?

二哥又拍了我一下肩膀道:哥大了,要干大事了。

那天我听了二哥的话,心里很难过,心想:以后这个世界只能靠自己了,二哥不带我玩了。

二哥说完这些后,没两天就失踪了。这次失踪和上次不一样,一直没有民兵把二哥他们押送回来。

大院里丢失孩子的家长都急了,他们先是通报了公安局,后来又通报了军区党委。孩子们集体失踪是件大事,上上下下都动员起来寻找失踪的二哥们。

我走进二哥的房间,翻弄着他留下的东西,结果在抽屉里发现了二哥留下的一封信。二哥的信是这样写的:爸、妈,我走了。我满十六岁了,出门干大事去了。不要找我。如果有一天我战死疆场了,那我就是烈士,我们要用自己的鲜血染红青春……

二哥留下的信很狂妄,他把自己比喻成烈士。当父亲看到这封信时,他出奇地并没有暴跳如雷,而是又认真地看了一遍信,然后走到客厅的墙旁,墙上挂了一张世界地图和一张中国地图,他走到中国地图那里,望着南方的边境线看了很久,又拿出放大镜看了又看。许久才离开地图。

父亲走后,我搬了一张凳子站在上面也在研究地图,结果我看到了云南红河的字样,过了红河就是越南了。

20世纪70年代初,报纸广播一直在说一件大事:越南人民正在自己的国土上奋勇地抗击美国侵略者。我们不仅在道义上声援水深火热的越南人民,从物质军事上也在援助越南。那会儿,越南被我们称为祖国的南大门。那一阵子,许多有志青年集结在云南边境线上,他们要再当一次志愿军,像当年支援朝鲜一样,痛击美帝国主义。

二哥的信指明了他的去处,那几天,父亲变得不爱说话了,经常望着窗外发呆。军区已经和云南省军区取得了联系,云南省军区正全力寻找着二哥他们。

十几天之后,二哥们回来了。他们是被军区保卫部派出的干部从昆明接回来的。他们没能越过红河,在红河一带就被云南省军区的巡逻队伍发现了,然后被押送到昆明。十几天不见,二哥变得又黑又瘦,头发也变长了,掉下一绺挡在他的眼睛上,他唇上的绒毛变黑变粗了。二哥的眼神里写满了遗憾,一副壮志未酬的样子。

他们同行的十几个人,只有二狗子穿过了边境线,他成功地踏上了越南的领土。二哥他们准备步二狗子的后尘时,被巡逻的士兵发现,一举被抓获,辗转地被送了回来。

那次,父亲并没有暴揍二哥,而是伸出手用力地捏了一下二哥的肩膀,二哥一脸挑衅地望着父亲。

父亲说:你想当英雄?

二哥不说话,挑着眼角看父亲。

父亲伸出手想拍一下二哥,手伸出去又停住,然后背在身后,转过身说:那你就去当兵吧。

二哥的眼角跳动了一下。

那年秋天,二哥去参军了。

半年后,终于有了二狗子的消息,是云南省军区派人把二狗子的骨灰盒送了回来。

原来成功进入越南之后二狗子加入了越南游击队,在一次敌人的空袭中,他中了美国人扔下的子母弹,二狗子阵亡了。越南游击队的人把二狗子的遗体交给了中方。云南省军区火化了二狗子,只把骨灰盒送了回来。

军区机关破格为二狗子开了一次追悼会,会上说二狗子是国际主义战士。那次追悼会,我记住了二狗子的大名,他叫李宏伟,很响亮的名字。

李宏伟的父母抱着儿子的骨灰盒哭得都快抽过去了。

遗憾的是,二哥正在部队当兵,没赶上李宏伟的追悼会。

256

李宏伟成了国际主义战士,他的故事在我们大院里一直传了好多年。

二哥当满三年兵后复员了,被分配到一家工厂当了工人。

二哥有一本在部队当兵时的影集,记得第一页上的照片,是二哥手握钢枪站在哨位上的照片,后面的照片,二哥都是和各种武器的合影,有的是大炮,有的是坦克。这些照片二哥没有一张是笑的,他总是一脸严肃地望着前方,目光中装满了渴望和期待。

二哥壮志未酬。

许多年过去了,二哥当兵时的影集他一直保存着。他经常会翻看影集,只有看影集时,他散淡的目光才又一次散发出青年时的英气。

人过中年的二哥,头发稀疏了,唇上的胡须总是剃得干干净净的,目光也变得平和,甚至浑浊和散乱。

每年八一节的时候,二哥总会和昔日的战友们聚一聚,喝几杯酒。酒后他们集体起立,粗门大嗓地吼一首歌:向前向前向前,我们的队伍向太阳……

这时的二哥他们,眼角晶亮,一曲未了,他们的眼角都挂满了泪水。

爱情永远在路上

认识老邱时,他已经是个知名的画家了。认识老邱后,知道他已经离过四次婚,在四次婚姻中,他和他的前妻们共孕育了六个孩子,有男有女,老大都出国留学了,最小的一个女儿刚上幼儿园。

认识老邱时,他正准备第五次跨入婚姻的殿堂。这一年老邱差一岁满五十。年近五十的老邱,一提起他的第五次爱情两眼发亮,像个小伙子一样,说起自己的恋人,腼腆害羞又情不自禁。

即将成为老邱第五任妻子的是个法国女孩,芳龄二十出头。据老邱说,这个法国女孩在中国留学,学的是古汉语专业,一次老邱去这所学校讲中国传统文化,并当场表演中国绘画,就是这一次,这位法国女孩爱上了中国绘画,同时也爱上了老邱。

法国出美女,这个学习中国古汉语的法国女孩算不算是法国美女,我们不好评判,因为没有谋面,只在老邱的手机上看了他存储了几张女孩的照片。从照片上看,这个女孩年轻,充满活力,蓝色的眼睛,金色的头发,总之,老邱已经奋不顾身地又投入新一轮爱情之中了。

老邱前四次婚姻都是先有了新的爱情,才结束曾经的爱情。老邱投入爱情后,完全是奋不顾身的样子,什么房产、银行存款统统抛在脑后。因为他的妻子仍然深爱着他,并全心全意地在守护着他们共同缔造的家庭,对老邱提出的离婚要求,自然是无法接受。于是,老邱为了快刀斩乱麻,把所有能给予的一切,都留给了前妻,净身出户。

老邱是个名画家,他的画在市场上价格不菲,许多官场上的人都把收藏老邱的画当成一种品位和富有的象征,因此,到老邱府上求画的人络绎不绝,可以说是门庭若市。老邱把金钱看得很淡,因为他是个有手艺的人,靠一双手吃饭,今天还身无分文,几个月后,他就又腰缠万贯了。

第一次认识老邱时,正是他刚结束第四段婚姻,即将投入与法国女孩崭新的婚姻中。那天,法国女孩回国了,这次回国就是为了筹备他们即将举行的婚礼。老邱一边喝酒,一边叙说与法国女孩恋爱的浪漫和美好,后来老邱就喝高了。饭桌上有人就委婉地提到了老邱的上次婚姻,问话的人和老邱很熟,不仅和老邱熟,和老邱的前任妻子也认识。老邱没评价前任妻子,却说起了自己刚上幼儿园的女儿,先是夸奖自己女儿如何乖巧、聪明伶俐,最后老邱哭了,他说他想最小的女儿。那天晚上,老邱喝多了。

不久,接到老邱发来的结婚请柬,我参加了老邱的婚礼。老邱的婚礼办得很体面,在北京一家五星级饭店内,参加老邱婚礼的人各行业都有,都是有头有脸的人,甚至还有几个影视明星。

婚礼完全是按照中国传统形式举行的。老邱和法国妻子挨桌敬酒,来到我们这桌时,我近距离地把老邱的法国年轻妻子看了,的确年轻漂亮,比照片上的人要生动和青春。那是个爱笑的女孩,动听的笑声成了那晚婚礼最美妙动听的旋律。

几天后,老邱和新婚妻子又去了法国,据说还要按照法国的方式在法国补办一次婚礼。和老邱更熟悉的朋友告诉我,老邱比他的法国岳父还要大上三岁。当时我就想,爱情真是不分年龄和国界!

从那以后,我经常出席老邱组织的各种活动,有时是约了几个画家搞笔会,有时就是为了吃饭而聚会,总之,聚会不需要理由。没多久,老邱在通州郊外买了块地,说是自己要建房子,成立自己的绘画工作室。

又是没多久,老邱突然打电话说,让我们去参观他的新居。我们兴致勃勃驱车前往,在通州郊外,我们果然在一块平地上看到了一栋三层小楼,后面是山,门前是水,修了个院子,院内有树,有花也有草,幽静漂亮。我们上上下下参观了老邱的新居,都夸老邱的房子漂亮,三层是老邱的工作室,偌大的房间里摆满了老邱的画,一张大得不可思议的写字台上,还有一张老邱没完工的画。

二层是卧室、客房,每个房间都装修豪华,绝对是超七星的装修。据老邱说:马桶、水龙头,包括门把手都是从德国和法国运来的。那天,作为老邱的朋友的我们,都发出有钱真好的感叹。

我们坐在一楼大厅内喝茶,望着楼后的青山绿树,心情是美妙的,我们也真心祝愿老邱的幸福生活万年长。

自那以后,我们想放松下心情,都会去老邱的庄园里坐一坐。有时他的法国妻子在,两人甜蜜恩爱的样子,让我们都觉得不好意思;有时,老邱的漂亮妻子不在,那是回法国了。老邱不喜欢法国,原因是,他说那里没朋友,语言也不通,住个三五天人就会疯掉。

老邱喜欢朋友是出了名的,喜欢朋友的人都性情义气。老邱爱喝几口,他那里的酒整整摆了一屋子,自从娶了法国妻子,他就爱上了法国红酒。法国红酒全世界有名,我们放开了品尝法国红酒。

老邱一喝酒话就多,他滔滔不绝地讲他的法国妻子和他浪漫爱情的种种桥段,老邱在有爱情的日子里,两眼有神,脸冒红光,他的目光缠绵而又多情,我们都理解,老邱是幸福快乐的。因为他的幸福和快乐,他的作品便大批量地生产出来,源源不断地被一些政府官员或者土豪去收藏。

我们真心地祝福老邱,希望他婚姻美满,健康长寿。

日子过得很快,又过了几年,突然有一天老邱给我们打电话,请我们聚会,说自己五十五岁生日,让大家捧个场。这次聚会地点不是他通州郊外的庄园,而是在北京饭店的贵宾楼。

我们按照老邱的要求,准时来到了北京饭店的贵宾楼。老邱依旧满脸放光,一双眼睛炯炯有神。我们都为老邱能有如此美好的精神状态感到高兴,我们不停地夸老邱的身体,心悦诚服地赞叹他的精神状态。正说话间,一个美女从里间走出来,小鸟依人地站在他的身边,老邱把美女的手牵了过来,自豪地向我们介绍道:这是他的女朋友,马上就要结婚了,并补充道,这个美女是小有名气的电视明星。

我们还没缓过神来,美女微笑谦逊地为我们倒起茶来。我们定睛去打量这个美女时,果然有些脸熟,似曾相识。

老邱在五十五岁生日那天,隆重地向朋友们宣布了他的婚期,并提前约朋友们去参加他的第六次婚礼。

席间我们才知道,老邱在三个月前和法国太太离了婚,又一次把通州郊外的庄园和银行卡给了法国太太,再一次净身出户,暂时客居在北京饭店的贵宾楼里。

那天晚上,老邱拉着我一连喝了好几杯法国红酒,他说,虽然和法国妻子离了婚,但是他爱上了法国红酒,怕是这辈子都与之分不开了。他还把影视小明星叫到我的面前说:日后要投资一部电影,让我量身为他的女朋友写一个一炮走红的牛逼剧本。

我望着满脸红光的老邱,一口把法国红酒像喝啤酒一样地干了,然后冲老邱傻笑。老邱重重地拍了我的肩膀,又拉着他的新女朋友找别人敬酒去了。

老邱和小明星的婚礼我没参加,因为我正在外地拍一部片子。婚礼现场,我还是给老邱打了一个电话,表达真诚的祝福。老邱在电话那端爽朗幸福地笑着,他又一次强调:一定为他的妻子写一部牛逼的戏。我笑着答应:一定。

老邱在五十五岁那一年,又满怀激情斗志昂扬地投入一段新的恋情之中。有了爱情的老邱精力旺盛,天下无敌。为了老邱幸福,祝愿老邱的爱情每天都是新的。老邱的爱情永远在路上。

"小说家的散文"丛书

《佛像前的沉吟》　　　　二月河　著

《宽阔的台阶》　　　　　刘心武　著

《永远的阿赫玛托娃》　　叶兆言　著

《鸟与梦飞行》　　　　　墨　白　著

《和云的亲密接触》　　　南　丁　著

《我的后悔录》　　　　　陈希我　著

《打败时间的不只是苹果》　须一瓜　著

《山上的鱼》　　　　　　王祥夫　著

《书之书》　　　　　　　张抗抗　著

《我觉得自己更像个

　　卑劣的小人》　　　　韩石山　著

《未选择的路》　　　　　宁　肯　著

《颜值这回事》　　　　　裘山山　著

《纯真的担忧》　　　　　骆以军　著

《初夏手记》　　　　　　吕　新　著

《他就在那儿》　　　　　孙惠芬　著

《总有人会让你想起》　　肖复兴　著

《我们内心的尴尬》　　　东　西　著

《物质女人》　　　　　　邵　丽　著

《愿白鹿长驻此原》　　　陈忠实　著

《旅馆里发生了什么》　　王安忆　著

《拜访狼巢》　　　　　　方　方　著

（以出版时间先后排序）